마로니에 공원에서

영국신사

목차

인력시장 주례 선생   7

시어머니 정   11

신마저 인정한 삼각관계   17

아들아! 보거라!   21

정이란 주는 걸까 받는 걸까   27

얼굴만 예쁜 줄 알았는데   29

여보(如寶)와 당신(當身)   35

마음씨 고운 아줌마   37

은사 피천득 선생님   39

명사들의 애송시   43

장마당 풍경   47

평양남자 태영호   59

우리나라에도 이런 멋진 속담이!   53

닭살 돋는 사랑고백   57

커피의 본능   61

갈 때까지 가신 분이세요?   63

찰랑거리는 머리칼   65

당신은 행복합니까?   67

타이타닉 호 침몰   69

참말로 날쌘 양반이었지   75

막걸리 한잔   77

겨레의 밭   81

낭만가객 최백호(1950)   85

소크라테스 Socrates   89

방탄소년단   93

낚시꾼의 뻥   97

일본 여행   101

나는 이런 재미로 여행을 떠난다.   105

검고 달달한 유혹 자장면   109

조물주 위에 건물주   113

걱정 없는 세상 어디 없소?   115

인간의 수명   117

발상전환의 허와 실   123

시인 박목월(朴木月)   129

고향의 봄과 오빠 생각   131

화가 이중섭의 천도(天桃) 복숭아   135

말은 진중(鎭重)하게   137

횡보(橫步) 염상섭(1897~1963)   141

베르나르 베르베르   145

안경(眼鏡) glass   149

오빠 한번 믿어봐!   153

나는 죄인입니다.   157

인연(因緣)이 있어서 만난 도반(道伴)이여!   165

하룻밤에 만리장성을 쌓았구나!   167

여승을 품어보는 게 소원이었소.   171

여백의 미학   173

이외수 작가의 비하인드 스토리   177

정치 기술   181

편의점에서   187

다산 정약용과 강진   191

속초시(束草市) 탄생 비화   197

길에 길이 있느니라. 무조건 걸어라!   203

아인슈타인의 상대성 이론   209

머피의 법칙(Murphy's law)   213

코로나는 언제나 끝날지?   215

갈등(葛藤)   221

거울(面鏡)에 비친 세상   223

시험 감독과 학생들의 컨닝   227

솔로몬왕의 지혜   229

선지자 이건희 회장   231

귀천(歸天) 시인 천상병   233

중앙청의 운명   239

추기경 김수환   243

인력시장 주례 선생

서점에는 주례사 모음집이 즐비하다. 모두가 공자 왈 맹자 왈 도덕경을 써 놓은 것 같다.

신랑보다 젊게 보여서는 안 된다. 훤칠한 미남이면 더 더욱 안 된다. 주례가 갖춰야할 덕목도 나와 있다.

빨리 밥 먹으러 가야하는데 주례사는 왜 그리도 긴지.

국가에 충성하고 부모에게 효도하고 성경 말씀이 어떻고, 듣다보면 코고는 소리가 들린다.

사회자의 약력소개는 가관이다. 주례가 장가가는 것 같다.

한 젊은이가 아는 아주머니 소개로 맞선을 보는데 상대방 아가씨가 맘에 들지 않았다.

그러니 할 말이 없어서 "비오는 날은 대개 흐리죠."

아가씨의 말이 가관이다.

"결혼하면 얼라는 한 다스는 낳아야지예!"

그래서 창밖을 바라보며 "가관이네!" 하고 중얼거리자

"가관이~! 이름 참 좋네예! 큰 애 이름은 그걸로 짓기로 해요."

인력시장에서 50만원에 주례선생을 모셔오기로 했는데, 경쟁이 심해서 인지 사회자를 끼어 해주겠다고 한다.

그런데 건망증이 심한 주례가 신랑 신부 이름을 깜박했다.

"뭣이더라! 그래! 신랑은 큰 소리로 이름을 밝히고 하객들에게 인사도 드려! 신부는 무얼 하느냐? 빨리 이름을 밝히지 않고!"

사회자가 뜬금없이 신랑에게 노래를 시켰다. 그러자 신랑은 마지못해

"언제 까지나 언제 까지나 헤어지지 말자고"

"알겠다. 그만해라! 장가가면 저절로 까진다."

내 기억으로 가장 짧은 주례사는 안성 불당골 개머리패 꼭두쇠인 모갑이 의 몇 마디였다.

"땅잽이와 작은년이 눈이 맞아 좋아 죽는데. 방이라도 얻어줘야지! 일동 박수! 다음은 뭐더라? 허천나게 잘 살아 부러라! 이상 땡."

하객들이야 배고픈 동냥치들뿐이니 빨리 끝내야지

앞길이 구만리 같은 젊은이들이라, 신랑 신부의 이력 소개는 안하는 게 좋다.

냄비 하나라도 마련하는 즐거움에, 나아가 재산을 늘려가는 성취감을 누리게 해야 한다.

아메리카 인디안 아파치족의 결혼축사

이제 두 사람은 비를 맞지 않으리라.
서로가 서로에게 지붕이 되어줄 테니까.

이제 두 사람은 춥지 않으리라.
서로가 서로에게 따뜻함이 될 테니까.

이제 두 사람은 외롭지 않으리라.
서로가 서로에게 동행이 될 테니까.

이제 두 사람은 두 개의 몸이지만
두 사람 앞에 하나의 인생만 있으리라.

이제 그대의 집으로 돌아가라.
함께 있는 날들 속으로 들어가라.

대지 위에서
그대들은 오랫동안 행복하리라.

힘들 때에는 "이것쯤이야" 라고 생각하세요.

슬플 때에는 "웃기고 자빠졌네" 라고 생각하세요.

억울한 일을 당할 때는 "별 것 아니구먼."

싫은 일을 할 때는 "그래 이번 한번만이야!"

용기를 얻고 싶을 때는 "눈 딱 감고 해치우자"

무기력 할 때에는 "지금 당장 할 일이 뭐지"

입맛이 없을 때에는 "굶주린 아이들 눈동자를"

재미가 없을 때에는 "하하하" 억지웃음이라도

- 시인 용혜원의 '삶은 희망이다'에서

시어머니 정

11살 때 아버지가 돌아가셨다. 그래서 전업 주부였던 엄마는 생계를 책임지어야 했다.

못 먹고, 못 입었던 것은 아니지만 여유롭지는 않았다.

나는 대학을 졸업한지 2년 만에 같은 과의 선배와 결혼을 했다.

시어머님은 날 마음에 흡족하셨다.

그런데 설마 했던 불행이 나에게 닥쳤다. 친정엄마가 암 선고를 받은 것이다.

남편은 어떻게든 돈을 융통해 볼 테니 걱정 말라고 했으나 경제 형편은 수술비도 없는 상태였다.

다음 날이었다. 엄마를 입원 시키려고 하는데 마무리 지어야 할 일이 많다며 며칠 뒤에 하자고 하셨다.

몰래 울고 있는데 시어머님께서 전화가 왔다.

"지은아! 울고 있지? 울지 마! 내일 짬 좀 내 다오."

다음날 나를 한의원에 데리고 가셨다.

원장님께서 맥을 짚어보고 보약 한 재를 지어주셨다.

죄송하기도 하고 미안하기도 했다.

시어머님 말씀이 "환자보다 간병하는 사람이 더 힘들어야! 밥도 잘 챙겨 먹고, 아무렇게나 입고 다니지 마라! 하시면서 츄리닝과 선식을 사주셨다.

그리고 시집온 지 얼마나 됐다고! "너랑 나랑 죽을 때까지 비밀로 하자" 며 봉투를 내미셨다.

아들이 병원비를 구해오면 그것도 보태 쓰라고 하시면서, 내 아들이지만 남자들은 애 같은 구석이 있단다. 부부 싸움할 때는 친정에 돈 보낸 거 얘 기하게 되어 있다. 그러니 우리 둘만 알고 있자.

한사코 마다해도 끝내 돈을 손에 쥐어주셨다. 큰돈은 아니었지만 평생을 모았으리라. 그래서 무릎을 꿇고, 시어머님 품에 안겨 엉엉 울었다.

친정엄마는 시어머니 도움으로 무사히 수술을 마치셨다. 그런데 며칠이 안 돼서, 오늘이 고비라는 전화가 왔다.

남편에게 연락했더니 시어머님이 남편 보다 먼저 병원에 오셨다.

엄마는 의식이 없어서, 귀에 대고 말씀드렸다.

"엄마! 수술비는 시어머님이 해주셨어요. 엄마 얼굴 하루라도 더 볼 수 있게"

시어머님은 지갑에서 주섬주섬 무얼 꺼내서 엄마 손에 쥐어 주셨다. 우리들의 결혼사진이었다.

"사부인! 저예요 지은이는 제 딸입니다. 사돈처녀 정은이도 혼수 장만해서 시집 잘 보낼게요! 걱정 마시고 편히 가세요."

그때 거짓말처럼 친정엄마가 눈물을 흘리셨다. 엄마는 듣고 계신 거였다. 엄마는 얼마 후에 눈을 감으셨다.

눈물만 흘리고 있는 내 손을 붙잡고 시어머니도 같이 우셨다.

어서 가시라고 해도, 시어머님은 3일 내내 빈소를 지켜 주셨다.

사는 게 벅차서인지 엄마는 아는 사람도 없었다. 우리에게는 친척도 없었다. 빈소가 썰렁하면 하늘나라로 가는 길이 외로울 것이라고 하시던 말씀이 생각났다. 하지만 엄마의 빈소는 시어머님 덕분에 외롭지 않았다.

시어머니는 동생을 잘 챙겨주셨다. 외식할 때는 꼭 동생을 불렀다. 여행할 때도 동생도 데리고 다녔다.

동생의 결혼 날짜가 잡히자. 시어머님은 고맙게도 또 봉투를 내미셨다.

"남편이랑 저랑 정은이 결혼 자금 마련해놨어요. 마음만 고맙게 받을게요."

도망치듯 나왔는데 도착할 즈음에 문자가 왔다.

"네 통장으로 동생 결혼비용을 입금시켰다.

시어머님에게 달려가 울면서 안 받겠다고 투정을 부렸다.

"지은아! 기억 안나? 친정 엄마 돌아가실 때 약속 드렸잖아! 동생 시집 잘 보내주겠다고, 이거 안하면 나중에 네 엄마를 무슨 낯으로 뵙겠어?"

시어머니는 혼자 하신 약속을 지키셨다.

시댁 형편을 조금은 안다. 평생 동안에 조금씩 모아 노후에 쓰려는 것을 우리에게 다 내어주신 것을.

시어머님께서 말씀하셨다.

"순둥이! 착해 빠져서 어디 다 쓸꼬. 힘들면 힘들다 얘기하고 울고 싶으면 울어버려라"

시아버지께서는 제부 될 사람에게 따로 하고 싶은 말이 있다고 했다.

"초면에 이런 말은 해야 할지 모르지만, 사돈처녀 부모 자리에 우리내외가 앉으면 어떨까? 그 쪽 사람들에게도 친정에 부모님이 안 계신다고 말씀드렸겠지만, 다른 사람들 보는 눈도 있고 해서 그래!"

난 거기까지 생각을 못했다.

그래서 동생은 시아버지 손을 잡고 신부입장을 할 수 있었다.
동생 부부는 우리들 이상으로 시댁 부모님을 잘 받들었다.

오늘은 시어머님 49제 날이다. 우리 가족은 동생 부부와 함께 묘소에 다녀왔다. 동생도 나도 많이 울었다.

10년 전에 어머니와 했던 약속을 오늘 남편에게 털어 놓았다.

"병원비는 어머니께서 해주셨어요."

나는 생활비를 쪼개서 따로 적금을 들었다.
시어머님께서 나에게 해신 것처럼, 나도 내 며느리에게 돌려주고 싶어서였다.

휴대폰 단축번호 1번은 한없는 사랑을 베풀어 주신 어머님 자리다.

어머님. 감사합니다. 어머니의 가르침으로 힘 든 시간을 이겨낼 수 있었습니다.

어머니로 부터 받은 은혜, 베풀고 살아가겠습니다. 어머님! 그립습니다.
보고 싶습니다.

수기 공모 대상 수상작
Youtube, Pokarekare Ana (연가)

빨리 가려거든 혼자서 가라.

직선이 빠르다.

멀리 가려거든 곡선으로 가라.

함께 가면 멀리 갈 수 있다.

외나무가 되려거든 혼자 서라.

푸른 숲이 되려거든 함께 서라.

- 인디언 속담

신마저 인정한 삼각관계

아들이 신부 감이라며 아가씨를 데려왔는데, 이상하지요? 갑자기 적으로 생각하고 위협을 느낍니다.

겉으로는 미소 지으면서 속으로는 눈을 위아래로 치켜뜨고 조그만 빈틈이라도 없는지 살펴봅니다.

꽃술 같은 속눈썹을 요염하게 치켜뜨는 것을 보니 꽃뱀이 아닌지?

발랑 까진 게 내숭을 떠니. 꼬리가 여럿 달린 여우가 아닌지?

내심 못생기기를 바랐으나 더 젊고 예쁘니 질투가 납니다.

오래전부터 내 손으로 기른 자식인데, 웬 여자가 홀연히 나타나서, 이제부터 자기에게 맡기고 손 떼라고 합니다.

죄송스러운 말이지만, 어머님은 좀 유별난 분이셨습니다.

남자는 말발, 여자는 화장발, 국수는 면발이라고 했습니다.

말발이 세기로는 욕쟁이 김수미 보다 더 합니다.

말은 청산유수여서, 신바람 김 박사 저리가라입니다.

심술궂기는 뺑덕어멈이 놀부 꿰차고 도망 칠 정도입니다.

마침내 그 아가씨가 며느리로 들어왔습니다.

"어머! 어떤 며느리야? 오늘부터 너는 죽었다. 그 여편네 밥이야 밥."

동네 아줌마들의 입방아였습니다.

시어머니는 이상하리만치 말이 없었습니다. 이런 정적이 어쩌면 더 무서운지 모릅니다.

시집살이를 빡세게 시켜야지!

처음부터 꽉 잡아놓아야지!

시어머니 구박이 시작되었습니다.

"친정에서 그것도 안 배우고 시집을 왔느냐?"

느닷없이 뒤통수를 때리는 말에, 며느리는 침착했습니다.

"친정에서 배운 것보다 시집에서 배은 것이 더 많아요! 모르는 것은 가르쳐 주세요"

며느리가 공손히 대답했습니다.

뜬금없이 "그것도 모르면서 고등교육을 받았느냐?"

"요즘 높은 학교 나왔다고 해도 옛날 국민학교 나온 것 보다 못해요."

며느리가 다소곳이 고개를 숙였습니다.

아나. 떡이다. 어떻게든 콧대를 꺾어 놓아야지!

며느리에게 질문을 퍼부었습니다.

아무런 레시피도 없이, 손끝으로 맛깔스럽게 만드는 할머니들의 음식 솜씨에 관한 것이었을 겁니다.

산전수전 다 겪은 시어머니다운 질문이었습니다.

"어머님의 인생철학을 제가 어찌 감히 짐작이나 하겠어요? 말씀 한마디 한마디가 진리이고 경구입니다. 저는 어머님을 인생의 스승으로 모신 복 많은 며느리입니다."

매사 이렇게 꼬리를 내립니다.

큰 마음먹고 한마디 하면, 그저 순종하면서 발밑으로 기어들어갑니다.

뭐 라고 말대꾸를 해야 나무라겠는데!

그러나 저라고 할 말이 없겠습니까?

아들에게는 그러려니 하면서, 저에게는 거 봐! 그렇다니까? 벌써 알아봤다. 어디서 감히 대꾸야!

하루는 시어머님께서 청천벽력 같은 말씀을 하셨습니다.

아가야! 어느 정도는 시댁의 가풍과 법도는 알았을 것이다, 이제부터 곡간 열쇠는 네가 맡아라!

신마저 인정한 삼각관계란 아들 사이에서 벌어지는, 고부간의 갈등입니다.

어느 분이 쓴 글
Youtube, 어머니 은혜

아들아! 보거라!

원래 나는 배우지 못했지만 호미 잡는 것보다 글 쓰는 것이 더 좋았다.

서툴게 썼더라도 알고 새겨 읽어라.

네가 유품을 뒤져 이 편지를 수습할 때, 나는 이미 다른 세상에 가 있을 것이다. 서러워할 일도 가슴 칠 일도 아니다.

가을이 지나고 겨울이 왔을 뿐, 살아도 산 것이 아니고, 죽어도 죽은 것이 아니다.

살아있는 것도 산 사람 몫인데 무엇 때문에 슬퍼한단 말이냐?

농촌에서는 밭을 고를 때 고단했지만, 밭이랑에서 당근 무 감자알이 통통하게 나올 때는 어린애처럼 좋았다.

깨꽃은 얼마나 예쁘더냐?

양파꽃은 얼마나 환하더냐?

도라지 씨를 일부러 넘치게 뿌렸다. 꽃들이 무리지어 넘실거리는 그곳이 극락이었다.

봄이 오면 여린 쑥을 뜯어 된장국을 끓이고,

여름에는 강에 나가 재첩 한 소쿠리 얻어다 맑은 국을 끓이고.

가을에는 무쇠 솥에 미꾸라지를 삶아 추어탕을 끓이고,

겨울에는 무를 썰어 칼칼한 동태탕을 끓였다.

너희를 낳을 때는 힘들었지만, 낳고 보니 의지가 되어 좋았다.

너희들 밥 지어 먹이는 것으로 나는 소임은 다했다.

한이 맺힌 듯 어렸을 적 이야기를 어미에게 물었다.

이장 집 잔치에 다른 여편네들은 제 새끼들 불러, 전 나부랭이며 유과 부스러기를 주섬주섬 챙겨 먹였는데, 엄마는 왜 못 본 척 외면했냐고?

여태 대답은 하지 않았다,

높은 사람들이 만든 세상이니, 어미는 지엄한 윤리와 법도를 모른다.

사람 사는 데는 인정과 도리가 있어야 한다는 것만 겨우 안다.

남의 방식이지만 그에 맞는 예절을 보이려고 했다. 가난과 상관없는 나의 도리였다.

네가 서러워서 물을 때마다, 가슴이 아팠다. 두고두고 잘못된 일이다.

도리의 값어치보다 네 입에 들어가는 떡 한 점이 더 지엄하고 존귀하다는 걸 어미는 너무 늦게 알았으니, 가슴이 미어지는 멍울이다.

부끄럽기기 그지없구나. 이미 용서했더라도 한 번 더 용서하기 바란다.

산다는 것은 종잡을 수 없는 일이다.

요망하기가 한여름 날씨 같아서 비 내리겠다 싶은 날 해가 나고, 맑겠구나 싶은 날은 느닷없이 소낙비가 쏟아진다.

물살이 센 강을 건널 때는 물살을 따라 같이 흐르면서 건너야 한다.

운수소관 변덕을 어찌하진 못해도 못살게 하지는 않을 거라고 믿었다.

하여 새벽마다 물 한 그릇 올리고 촛불 한 자루 밝혀서 천지신명께 빌었다.

욕심을 내면 호락호락 곁을 내주지 않지만, 욕심을 덜면 봄볕에 담벼락 허물어지듯 다정한 구석을 보여 줄 것이다.

네가 정한 잣대로 남을 아프게 하지 마라. 네가 아프면 남도 아프고, 남이 힘들면 너도 힘들다.

이로운 것과 해로운 것을 기준으로 삼으면 아무런 탈이 없을 것이다. 너를 가두지 마라.

어미처럼 애태우고 참으면서 살지 말아라! 사는 거 별거 아니다. 속 끓이지 말고 살아라!

힘든 날도 있을 것이다. 마음껏 울어라.

좋은 날도 있을 것이다. 마음껏 웃어라.

인생 별 것 없다. 체면 차리지 말고 살아라!

왕후장상 종자가 따로 없고 귀천이 따로 없다. 스스로 존엄을 세우면 그만이다.

알곡에서 티끌을 고를 때 키를 높이 들고 바람에 까분다. 티끌은 가벼우니 멀리 날려 보내려는 것이다.

뉘를 고를 때는 키를 가까이 끌어당겨 흔든다. 뉘는 자세히 보아야 찾을 수 있다.

사는 이치가 이와 다르지 않더구나.

부질없는 것은 담아두지 말고 언덕배기에 올라가 날려 보내라.

소중하게 여기는 것이라면 지극 정성으로 살펴라.

남보란 듯이 잘 살기를 바라지는 않는다. 억척 떨며 살기를 바라지도 않는다.

마음 가는대로 순리대로 살기를 바란다.

눈비도 다녀가지만, 맑게 갠 날에는 살구꽃이 피고 수수가 여물고 단풍이 들어 좋구나.

그러니 어미 삶을 가여워하지도 애달파하지도 마라. 그런대로 괜찮았다.

한 번도 해본 적이 없는데, 부질없이 길게 말했다.

사랑으로 낳고 사랑으로 키웠다. 내 자식으로 와 주어서 고맙다. 정성껏 살아라!

너는 책 줄이라도 읽었으니 나를 헤아릴 것이다.

이것이 내 삶의 전부다.

혼곤하고 희미하구나. 잠이 온다.

임태주 시인의 어머니

암연

고한우

내겐 너무나 슬픈 이별을 말할 때
그댄 아니 슬픈 듯 웃음을 보이다
정작 내가 일어나 집으로 가려할 때는
그땐 꼭 잡은 손을 놓지 않았어.

울음을 참으려고 하늘만 보다가
끝내 참지 못하고 내 품에 안겨와
마주 댄 그대 볼에 눈물이 느껴질 때는
나도 참지 못하고 울어버렸어.

사랑이란 것은 나에게 아픔만 주고
내 마음 속에는 멍울로 다가와
우리가 잡으려 하면 이미 먼 곳에
그땐 때가 너무 늦었다는데

차마 어서 가라는 그 말은 못하고
나도 뒤돌아서서 눈물만 흘리다
이젠 갔겠지 하고 뒤를 돌아보면
아직도 그대는 그 자리에

정이란 주는 걸까 받는 걸까

한국인의 정서를 탐구한 한국일보 이규태(작고) 논설위원은 한국인의 정을 이렇게 정의했습니다.

보이지도 않고
만져지지도 않고
색깔도 없고.

냄새도 없고
맛도 없고
무형 무취 무미

구상세계에서는 없는데
있는 것이 정이고,
있지만 은밀한 것이 정

없는 것에 화상을 입고
없는 것에 오장육부가 녹고
없는 것에 살이 여윈다.

참견하기를 좋아하는 오지랖도 정입니다.
콩 한쪽도 나눠먹는 것이 정입니다.
거지를 그냥 돌려보내지 않는 것이 정입니다.

정이 좋아 정을 찾아 한국에 귀화한 파란 눈의 이방인, 그는 한국의 정을 수출해도 손색이 없는 효자 상품이라고 했습니다.

타임지에서 영어로 옮기기 어려운 한국말이 '인정'입니다.
인정은 영어 'empathy' 연민 동정 애정과는 다릅니다. 가까우면서도 어감에 차이가 있습니다.
미국 미시간대학 연구팀이 'empathy'를 국가별로 순위를 매겼는데 한국은 6위로 나왔습니다. 63개국에서 10만 명을 대상으로 조사한 것입니다.

1위는 에콰도르,
2위는 사우디아라비아,
3위는 페루,
4위 덴마크,
5위 아랍에미리트,

한국 6위,
7위는 미국,
8위는 대만,
9위는 코스타리카,
10위는 쿠웨이트.

정이란 무엇일까? 받는 걸까 주는 걸까
받을 땐 꿈속 같고 줄 때는 안타까워
정을 쏟고 정에 울며 살아온 내 가슴에오늘도 남모르게 무지개 뜨네!

조용필의 정
Youtube. 구름도 쉬어가는 지리산 와운(臥雲)마을

얼굴만 예쁜 줄 알았는데

마르린 몬로

전에는 사람들 모두가 날 바라봐주었으면 했지만, 지금은 오직 한 사람
만 날 바라봐주었으면 해요.

그것이 사랑이라고 믿어요.

재클린 오나시스

케네디를 죽도록 사랑했습니다.
이는 아직도 내 마음속에 남아있어요.

더 잘해 주지 못해서 항상 미안했습니다.

힐러리 클린턴

인생의 절반을 케네디와 함께 했어요.

고통과 분노의 시간도 있었지만,
우리사이에는 튼튼한 끈이 있어요.
그것이 사랑입니다.

샤론 스톤

아름다운 이별은 없습니다.
그러나 아름답게 사랑을 나누면 좋은 추억으로 남습니다.

소중한 추억을 남겨준 그이의 사랑에 감사합니다.

잉그리드 버그만

사랑을 해 보지 못한 사람은 모를 거예요.
내가 불륜을 저지르는 게 아니라, 사랑했다는 것을

오드리 햅번

절망의 늪에서 나를 구해준 것은 사람들의 사랑이었습니다.
이제는 내가 그 사람들을 사랑할 차례입니다.

세상 사람들에게

아름다운 입술을 가지고 싶으면 친절하게 말하세요.
사랑스런 눈을 갖고 싶으면 상대의 좋은 점을 보세요.
날씬한 몸매를 갖고 싶으면 배고픈 사람에게 나누어주세요.

여자의 마음

여론 조사에서 '작업멘트' 1위는 "오늘 따라 예뻐 보인다였습니다."

장난으로도 이런 말을 들으면 가슴이 두근거립니다.

"아프지 마!"가 2위였습니다.
"당신은 다른 여자와는 달라요!"가 3위를 차지했습니다.
"이런 감정은 처음이야!"가 4위였습니다.
"우리 전에 어디서 만나지 않았나요?"가 5위를 차지했습니다.
"오빠 믿지?"가 6위였습니다.

여성들은 이런 입바른 말에도 쉽게 마음을 엽니다.
외국의 여론조사에서 한국과 달리 오빠에 대한 언급이 없었습니다.
그러면 한국에서 오빠는 어떤 존재일까요?

오빠 (oppa)

최최근에 우리말 오빠가 옥스퍼드 사전에 등제되었습니다.

종갓집 할머니에게 남편을 오빠라고 부르면 어떠냐고 물었더니,
하늘같은 시방님인데! 뭐라고?

세계 기록은 아내 73살, 남편 38살

프랑스 대통령 마크롱 부인이 교사일 때 남편은 그 학교 초등학교 학생이었습니다. 그런데도 오빠라고 부를까요?

윤석열과 김건희는 늦깎기 결혼을 해서 나이 차이는 12년입니다. 그래서 친구들 사이에 석열이는 도둑놈이라는 소리가 나옵니다. 서로간의 호칭은 나도 몰라.

백종원부인 소유진은 15살 연하입니다.
그래도 오빠라고 부릅니다.

파핀현준은 박애리 보다 2살 아래지만
부인을 누나라고 부릅니다.

한혜진은 기성용보다 8살이 많습니다.
그래도 기성용을 오빠라고 부릅니다.

오빠는 욕심쟁이, 오빠는 심술쟁이, 오빠는 깍쟁이, 오빠는 풍각쟁이

오빠 생각

우리 오빠 말 타고 서울 가시면
비단구두 사가지고 오신다더니

서울 가신 오빠는 소식도 없고
나뭇잎만 우수수 떨어집니다.

오빠는 강남스타일

북한에서는 여성이 남편이나 애인을 '오빠'라고 부르면 처벌 대상이 됩니다.

무분별한 남한 언어의 유입을 막아, '아름다운(?) 조선말'을 지키기 위한 북한 당국의 어문정책입니다.

천생연분

총각이 장가를 못 가서 안달을 하다가,
주인집 아줌마 소개로
제법 그럴싸한 아가씨를 만났다,

그런데 알고 보니 변두리 대폿집에서
다목적으로 일하던 아가씨였다.

곰보 총각은 장가를 가고 싶어,
눈 딱 감고 데이트를 신청했다.
그래서 둘은 식당에서 만났다.

이모, "무엇을 주문하시겠습니까?"
아가씨, "전 갈비탕요"
총각, "전 곰탕이요"
이모, "보통이요? 특이요?"
둘이서, "보통이요"

이모가 주방에다 대고
"여기 2번에 갈보하나, 곰보하나

여보(如寶)와 당신(當身)

인문학 강의에서 교수가 말했습니다.

절친한 사람 이름을 모두 적으세요! 막상 적으려고 하니 별로 없었습니다.

그래도 가족, 이웃, 친구, 친척 등의 이름을 적었습니다.

교수는 "이제는 덜 친한 사람 이름을 지우세요!"

이웃의 이름을 지웠습니다.

그러자 교수는 더 지우라고 했습니다.

망설이다가 친구 이름을 지웠습니다.

교수는 또 더 지우라고 했습니다.

어쩔 수 없이 부모 이름을 지웠습니다.

마침내 남편과 아이만 남았습니다.

강의실은 조용해졌습니다.

교수는 마지막으로 하나 더 지우라고 했습니다.

각오 한 듯이 아이 이름을 지웠습니다. 그리고는 펑펑 울었습니다.

여성이 안정을 찾자 교수가 물었습니다.

남편을 가장 버리기 어려운 이유가 무엇입니까?

모두가 숨죽이고 있는데.

시간이 지나면 부모는 떠날 것이고, 애들도 떠날 것입니다. 하지만 떠나지 않는 사람은 남편뿐입니다.

젊어서의 아내는 남편에 기대어 살고, 나이가 들면 남편이 아내에게 기대어 삽니다.

그러면 당신은?

당신(堂身)은 내 몸과 같다는 말입니다.

마음씨 고운 아줌마

관광객을 상대로 민박집을 운영하는 마음씨 고운 아줌마가 있었습니다.

폭우로 다리가 유실되어 손님의 발길이 끊겼습니다.

어느 날 손님이 들어왔습니다. 그리고 방값으로 10만원을 내놓았습니다.

민박집 주인은 정육점으로 달려가서 외상으로 달아놓은 고기값 10만원을 갚았습니다.

정육점 주인은 읍내로 달려가서 그 동안 밀린 텃밭의 고추모종 대금 10만원을 갚았습니다.

종묘상 주인은 술집으로 달려가서 그 동안 외상으로 마신 술값 10만원을 갚았습니다.

술집 주인은 수예점으로 달려가서 외상으로 지은 커튼값을 갚았습니다.

수예점 주인은 민박집으로 달려가서 빌려 쓴 10만원을 모두 갚았습니다.

돈이 순식간에 마을을 한 바퀴 돌아 민박집 주인에게 돌아왔습니다.

그런데 손님이 급한 일이 생겼다고 하니, 민박집 주인은 어서 가시라고 돌려주었습니다.

마을에는 돈을 번 사람은 아무도 없습니다. 돈을 쓴 사람도 아무도 없습니다. 그리고 빚진 사람도 아무도 없습니다.

유토피아

병든 사람끼리 살아도 아프지 않고, 허기진 영혼끼리 살아도 배고프지 않고

살아서 병들고 살아서 고독하고 살아서 원통해도

가진 자가 오면 부끄럽고 배운 자가 오면 고개 숙이고

뜨거운 인정이 뜨거운 사랑이 뜨거운 영혼이 하늘로 소풍 가는 곳

은사 피천득 선생님

선생의 시(詩)는 고매한 인격에서 우러나는 글이었습니다.

수필(隨筆)은 주로 다섯 장 내외의 간결하고 함축성 있는 문장에, 짧은 음률(韻律)을 자유자재로 구사하는. 탁월한 은유법(隱喩法)입니다.

문장이 돋보이는 것은 시적인 운율과, 비유, 절제, 함축, 그리고 미적인 요소가 들어있기 때문입니다.

선생의 집 책상위에는 동서양 대가들의 사진이 가지런히 놓여있었습니다.

장미송이를 옆에 놓여있습니다. 그것은 고결한 영혼의 대가들과 교감을 나누는 모습이었습니다.

좋아하던 영화배우 잉그리드 버그만의 사진도 여러 장 보였습니다.

소녀 인형도 있었습니다. 고명딸 서영이가 가지고 놀던 것이라고 합니다.

딸이 시집을 가버리자 외로움을 달래려고, 그 인형에게 '난영'이란 이름을 붙여 수양딸로 삼았다고 합니다.

계절마다 옷을 갈아입히고 머리도 빗겨줍니다.

아침저녁으로 인사말을 나눈다고 하시면서 껄껄 웃었습니다. 선생의 웃음 속에 잠시 외로움이 스쳐지나갔습니다.

봄철에는 제자들이 하동쌍계사 우전차를 보내면 답례로 영국 재스민차를 보낸다고 합니다.

인형 옆에 안대를 놓아, 밤에 잘 수 있게 안대를 채워줘야 한다고 하셨습니다.

이웃이 소란스러울까 벽에 걸지 못하고 바닥에 놓은 액자가 여러 개 있었습니다.

잘못 걸려온 전화에 짜증 낼 법한데, 세상은 작은 인연으로 이루어져 아름답다고 하셨습니다.

수필(隨筆)

수필은 정열(情熱!)이나 심오한 지성(知性)의 문학이 아니다, 그저 수필가(隨筆家)가 쓴 단순한 글이다.

수필은 읽는 사람에게 흥미는 주지만, 흥분시키지는 아니한다.

수필은 청춘(靑春)의 글이 아니라. 서른여섯 살 중년(中年)의 글이다.

수필은 비둘기 빛이고 때로는 진주 빛이다.

수필은 마음이 산책(散策)하는 길이다. 그 속에는 인생의 향기와 여운(餘韻)이 들어 있다.

인간성이나 자연관찰 사회 현상에 대한 새로운 발견 등 무엇이나 수필의 소재다.

가고 싶은 대로 가는 것이 수필의 행로(行路)이다. 그래서 클라이맥스가 없다.

수필은 향기로운 차(茶)와 같아, 은은한 향기가 오래 머문다.

수필은 친구에게서 받은 편지와 같은 것이다. 그래서 독자(讀者)에게 친밀감을 준다.

수필은 독백(獨白)이다.

수필이란 제목의 수필

수필(隨筆)은 청자연적(靑瓷硯滴)이요
수필은 난(蘭)이요, 학(鶴)이요,
청초(淸楚)하고 몸맵시 날렵한 여인(女人)이다.

덕수궁 박물관에 있는 청자연적은. 연꽃 모양인데 똑같이 생긴 꽃잎들이 가지런히 달려 있다. 다만 꽃잎 하나가 약간 옆으로 꼬부라져있다.

잎이 옆으로 꼬부라지게 하기 위해서는 마음의 여유(餘裕)가 필요하다.

어울리는 균형(均衡)에 눈에 거슬리지 않는 파격(破格)이 수필의 본질이다.

수필은 여인이 걸어가는 숲 속으로 난 평탄(平坦)하고 고요한 길이다.

가로수 늘어진 포도(葡萄), 그 길은 사람이 적게 다니는 주택가에 있다.

수필이 비단이라면, 반짝거리지 않는 바탕에 약간의 꽃무늬가 있다. 무늬는 사람들을 미소(微笑) 짓게 한다.

금아시문선(琴兒時文選)에서

대학에서는 교수 대신에 선생으로, 밖에서는 시인으로 불러주기를 원했던 분이었습니다.

명사들의 애송시

대학로 마로니에 공원에 있던 분수 옆에서 오수를 즐기고 있는데 누군가 나를 깨웠다. 서울대 과 선배 장기홍 형이다.

동생! 이 시를 읽어 보게나!

나의 감각을 화들짝 놀라게 한 시는 형의 장인인 함석헌 선생이 쓰신 것이다.

그대는 그런 사람 가졌는가?

만 리 길 나설 때 처자식 맡겨놓고, 맘 놓고 떠날 그런 사람 그대는 가졌는가.

세상이 나를 버려 마음이 외로울 때에도, '저 사람 마음이야!' 하고 믿어 줄 그런 사람 그대는 가졌는가.

배가 침몰할 위기에도 구명대를 사양하며, '너만은 제발 살아다오' 그런 사람 그대는 가졌는가.

사형장에 끌려가 죽어가도 세상 빛을 위해, 저이만은 살려두라고 외칠 그런 사람 그대는 가졌는가.

세상 떠날 때 '저이만 남아 있으면 됐어! 웃으며 눈감을 그런 사람 그대는 가졌는가.

찬성보다는 '아니야!'하고 머리를 흔들며, 어떤 유혹도 물리칠 그런 사람 그대는 가졌는가.

만리 길 나서며 처자를 맡기며 맘 놓고 갈만한 사람 그런 사람을 그대는 가졌는가?

노태우 이육사의 '청포도'

칠월은 청포도가 익어가는 시절

전설이 주저리주저리 열리고
먼 하늘을 꿈꾸며 알알이 들어박혀

하늘 밑 푸른 바다가 가슴을 열고
흰 돛단배가 곱게 밀려오면서

내가 바라는 손님은 고달픈 몸으로
청포(靑袍)를 입고 찾아온다고 했으니

내 그를 맞아 이 포도를 따먹으면
두 손은 듬뿍 적셔도 좋으련만

아이야! 우리 식탁엔 은쟁반에
하이얀 모시 수건을 마련해두렴

서청원과 정몽준은 서시를 애송했다.

하늘과 바람과 별과 시, 윤동주

죽는 날까지 하늘을 우러러
한 점 부끄럼이 없기를,
잎새에 이는 바람에도
나는 괴로워했다.

별을 노래하는 마음으로
모든 죽어가는 것을 사랑해야지.
그리고 나한테 주어진 길을
걸어가야겠다.
오늘밤에도 별이 바람에 스치운다.

김영삼은 이상화의 '빼앗긴 들에도 봄은 오는가?

백기완은 어릴 때 고향 구월산 밑 과수원집의 머슴할멈이 자주 읊던 작
자미상의 시 '왱왱 찌꿍'

문재인 대통령은 사고로 숨진 여성운동가이자
고정희의 '상한 영혼을 위하여'

상한 영혼을 위하여

외롭기로 작정하면 어디든 못 가랴
가기로 목숨 걸면 지는 해가 문제냐?
영원한 눈물이란 없느니라.
캄캄한 밤이라도 하늘 아래
마주잡을 손 하나 오고 있거늘

장마당 풍경

돈 백 원이면 밀가루 빵 한 봉지를 삽니다. 그런데 어떤 엄마가 빵 한 봉지에 자기 딸을 팔겠다고 목에 표말을 걸었습니다.

어린 자식을 그것도 빵 한 봉지 값에 팔다니! 아무리 먹고 살기 힘들어도 자기가 난 세끼인데!

한 할머니가, 얘야! 저 여자 네 엄마 맞냐? 아이가 선뜻 대답을 못하자 다시 물었습니다. 우리가 있으니 일없다, 엄마가 아니면 아니라고 말하라!

그러자 아이는 엄마 팔을 붙잡고, 맞아요. 울 엄마예요.

야! 아이를 팔겠다면 제값 받고 팔아야지! 개도 삼천 원인데 딸이 개 값도 안 되냐! 입도 풀칠하기 힘든 세상에 누가 돈 주고 아이를 가져다 길러? 차라리 아이를 키워달라고 사정하면 동정이라도 받지! 까짓 돈 백 원으로 어느 세월에 부자 되겠냐? 나쁜 년!

아버지가 없는지 물었습니다.

영양실조로 파리한 아이는 기어들어가는 목소리로, 아버지는 없어요. 먹지 못해서 그만

여기까지 말하다가 갑자기 머리를 치켜들고, 욕하지 마세요! 울 엄마 지

금 병에 걸려 죽으려고 해요!

엄마는 벙어리였습니다. 목소리라도 낼 수 있다면 이런 사연을 호소하며 통사정이라도 할 텐데.

먹고 살기 힘든 세상에 남의 아이 돈 주고 데려다 키우겠다는 사람이 어디 있어? 엄마가 죽으면 애는 어찌 사노? 날도 찬데 어서 가시요!

누군가가 5백 원을 여인에게 주고 목에 걸린 팻말을 떼어버렸습니다.

여인은 돈을 돌려주고, 다시 팻말을 걸었습니다. 500원보다 딸아이를 거두어달라는 절박한 눈빛이었습니다.

여기 돈 백 원이 있소! 백 원으로 아이를 산다기보다, 자기가 난 세끼를 챙기려는 당신의 지극한 정성이 안쓰러워 그러는 것이요. 그리고 아이의 손을 잡았습니다.

그러자 여인은 돈을 빼앗듯이 낚아채더니 어둠 속으로 사라졌습니다.

얼마 지나지 않아. 펑펑 울면서 나타난 여인은 허겁지겁 아이 입에 무엇을 넣어주었습니다. 그것은 바로 아이와 바꾼 밀가루 빵이었습니다.

한 탈북자의 수기에서

평양남자 태영호

국회의원이 되고 보니 회식 자리가 늘었다.

1차를 마치자 2차에 가자고 팔을 끌어도 별로 가고 싶지 않았다.

자리를 옮겨 가며 마시는 한국의 술 문화에 익숙하지 않기 때문이다.

겨울에는 자리를 옮기지 않고 한자리에 눌러앉아 몇 시간씩 떡이 되도록 마신다. 그리고 취하면 그 자리에서 잔다. 집으로 돌아가다 얼어 죽을지 모르기 때문이다.

남한에서는 다양한 건배사가 있는데, 북한에서는 직장상사가 서두에 훈계 삼아 건배를 하는 게 고작이다.

"위대한 수령님과 경애하는 장군님의 영생을 기원합니다. 경애하는 김정은 원수님! 만수무강을 위하여 이 잔을 듭시다."

술자리 용어도 차이가 난다. 한국에서의 "원 샷!"을 북한에서는 "쭉 냅시다.", "약주 좀 하십니까?" 하고 묻는 것은 몸이 허약해서 술에 약을 타 마시는 줄 알았다.

칵테일 문화도 다르다. 한국에선 '소맥' '양폭' 등 술에 다른 것을 타서 마시는데 북에선 소주나 맥주만 마신다.

한국에선 첨잔을 안 하는데 북한에선 상대방 잔이 어느 정도 비면 첨잔을 한다. 그것이 예의다.

북한에서는 위생상 불결하다고 잔은 돌리지 않지만, 상급자가 따라 주면 무조건 받아야 한다.

북한에서는 위스키나 보드카와 같은 외국 술이 생기면 취할 때까지 마신다.
술자리에서 위계질서는 철저하다. 하지만 술주정에는 관대하다.
당 간부나 고위층은 신뢰할 수 있는 사람하고만 술자리를 한다.
동료끼리 술을 마실 때, 주량을 조절하여 적당히 마시면, 마음을 열지 않는다며, 다음에는 부르지 않는다.

북한에서는 주량(酒量)으로 그 사람의 그릇을 평가한다.
술이 들어가면 의례히 가슴에 품었던 말들을 쏟아내는데. 술을 마시다가 공화국을 비난하는 실수를 범할까봐 부인들은 전전긍긍한다.

김 씨 가문은 다들 애주가로 알려졌지만, 김정은은 판문점 정상회담 만찬에서, 금방 취기가 어린 것으로 보아 술이 그리 세지는 않아 보였다.
김정은의 형 김정철과 런던호텔에서 3박 4일을 함께 보낸 적이 있었다.
그 역시 적당히 마셨다.

김정일은 간부들의 마음을 떠보려고 양주 등 독한 술을 마시는 심야 술 파티를 자주 가졌다. 그런데 김정은이 그렇다는 소문은 아직 들어보지 못했다.

김정은 시대 들어와 음주 문화를 '술풍(風)'으로 규정하고 이를 근절하기 위한 대대적 운동을 벌였다. 간부들은 절대로 술을 마시지 않겠다고 '충성 서약'까지 하고도 술을 끊지 못한다.

통일이 되면 북에서도 대리 운전이 생길까? 남한보다 술 좋아하는 북한에서 유망 직종이 될 것이다.

북한에도 교회가 있을까? 기독교가 존재할 수 없는 곳이 북한이다. 해방 전 북한에는 교회가 3,000여개 있었는데 지금은 단 한곳도 없다. 정치범수용소에 20여만 명이 수용되어 있는데 그들 중에 많게는 10만 명이 기독교인이다.

북한 예배당에서

에- 디금부터 위대하신 영도자 주 예수 아바이 동지께서 하교하신 기도문을 낭독하갔습네다.

아바이 두령 동지!
내레 벤벤티 못한 아새키디만 아바이 동지의 녕광스런 소모품이 되도록 날레날레 써 주시라요.

압록강 모래알을 살알로 맹그시니, 세세 대대 녕광찬미 지상낙원 따로 있디요.

아새끼 디디고 복고, 실 눈깔 부라리고 티고 받는 곳에, 고조 아바이 동지 사랑 한 번 두시면, 그곳이 바로 지상낙원이디요. 고롬!

내래 아바이 동지께서 창조하신 꽃봉오리야요. 거더 이 한 몸 다 바텨 아바이 동지 소모품으로 아낌없이 써 주시라요.

영롱한 두님 동지의 이름으로 기도드렸습니다.
아멘이야요.

한국인의 미신 10가지

1 "숫자 4는 불길하다"

2 "선풍기를 켜놓고 자면 질식사한다."

3 "밤에 휘파람을 불면 귀신이 나온다."

4 "연인에게 신발을 선물하면 도망을 간다."

5 "빨간색으로 이름을 쓰면 죽는다."

6 "연인과 함께 덕수궁 돌담길을 걸으면 헤어진다."

7 "꿈에 돼지가 보이면 돈이 생긴다."

8 " 닭 날개를 먹으면 바람이 난다."

9 "나비를 만진 손으로 눈을 비비면 실명한다."

10 "아이 위를 넘으면 키가 크지 않는다."

우리나라에도 이런 멋진 속담이!

가시나 못된 것이 과부 중매 선다.

가지 밭에 자빠진 과부

곁눈질에 정 붙는다.

계집과 숯불은 쑤석거리면 탈이 난다.

고쟁이 열두 벌 입어도 보일 것은 보인다.

골키퍼 있다고 골 못 넣을 줄 아니?

옆집 처녀 처다 보다가 다 늙는다.

자갈이 많아도 연분이 있어야 발로 찬다.

길이 난 밭인데 마소가 안 들어갈까? (제주도)

낳을 적에 봤더라면 도로 틀어박을 걸!

노처녀 시집보내느니 대신 가는 것이 낫다.

놀던 계집은 결단이 나도 엉덩이짓은 남는다.

눈덩이와 몸 파는 작부는 구를수록 살이 찐다.

늦바람난 여편네 속옷 마를 날이 없다.

다른 도둑질은 다 해도 씨 도둑질은 못한다.

달걀 모난 데 없고, 화냥년 정갈한 구석 없다.

더부살이 총각이 주인아씨 혼사 걱정한다.

도랑 새우도 삼년 이면 고추가 돋아난다.

도리깨 구멍처럼 하나밖에는 쓸 것이 없다.

돈 보고 보리밭에 넘어졌다가 속옷만 찢겼다.

돈 있으면 처녀 불알도 산다.

들은 귀는 천 년이요, 말한 입은 사흘이다.

확돌도 매끄럽게 길이 나야 사내 맛을 안다.

드는 정은 몰라도 나는 정은 안다.

딸 시앗은 바늘방석에 앉히고, 며느리 시앗은 꽃방석에 앉힌다.

뜨물로 만든 놈이 지랄한다.

무릎이 벗겨져도 자식 하나 못 난 년,

물동이 인 여자 귀 잡고 입 맞추기. 흥부전에서

물에 빠진 건 건져도 계집에게 빠진 건 못 건진다.

미인 소박은 있어도 박색 소박은 없다.

미인은 사흘에 싫증나고, 추녀는 사흘에 정이 든다.

사랑도 품앗이다.

시시덕거리는 놈이 서방 된다.

시어머니 죽고 처음이다.

시집가는 날 등창난다.

암내 맡은 수캐 싸대듯 한다.

얼굴 못난 년이 거울만 탓한다.

엎어지면 궁둥이요, 자빠지면 거시기다.

열녀전 끼고 서방질한다.

장가가는 놈 불알 떼놓고 갈 소냐?

임은 품어야 맛이다.

아낙도 늦바람나면 속곳 밑에 단추 단다.

코 큰 총각 엿 얻어먹는다.

닭살 돋는 사랑고백

우리는 청혼할 때 좀 구식으로 이런 말을 한다.

검은 머리 파뿌리 되도록

네가 먼저 살자고 옆구리 쿡쿡 찔렀지, 내가 먼저 살자고 치마끈 풀었나?

일본 얼라

당신이 만들어 주는 음식을 평생 먹고 싶어요.

마누라가 주방장이냐? 아예 와사비를 찍어먹어라.

프랑스 얼라

그대는 사랑스런 양배추!

하얀 속살에 달콤하다 이거지

이태리 얼라

태양처럼 아름다운 그대여!

오! 솔래미오! 노래방이냐? 선탠 크림이라도 바르지

스웨덴 얼라

프라이팬에서 녹은 버터가 되고 싶어요.

스물 스물 녹여주더냐?

이집트 남성

당신은 옥수수를 자라게 하는 햇빛 같습니다.

피라미드 옆에서 뻥튀기 장사라도 할 셈이냐?

호주 남성

그대는 죽여주는군요.

죽어 부활하는 것은 거시기 밖에 없다.

도둑처럼 내 마음을 훔쳐갔어요!

도난신고라도 하지 그랬어!

중동 남성

염소젖을 영원히 함께 짜요!

우유 살 돈이 없으면 혼자 살던가.

독일 남성

나의 호흡이 되어 주겠어요?

호흡이 아니라 키스해 달라고 해야지!

폴란드 남성

삶이 엉망이 되어버렸어요.

그것이 사랑이라는 걸 알았을 때는 도망갔어야 해요.

이것도 고백이냐? 벌써 전철 세 정거장은 갔겠다.

스웨덴 남성

내가 가진 것 모두가 그대 것입니다.

벌써 유산타령이냐!

카메룬 남성

당신의 침은 나만의 버터

아예 엄마 젓을 달라고 하라.

독일 얼라

오! 나의 공주님! 평생 당신의 발자국에 키스를 할 게요.

아예 두발로 비비지 그래!

우즈베키스탄 얼라

별만큼 머리카락만큼 사랑합니다.

별은 잘 모르겠다만, 대머리면 어쩔 샘이냐?

리투아니아 얼라

당신은 나만의 장미. 그 가시에 찔리고 싶어요.

찔려봐라! 정이 백리나 달아날 것이다.

중국 짱깨

당신의 노비(奴婢)로 살고 싶어요.

미사여구로 꼬셔서 하녀처럼 부리고 싶은 마음이겠지

미국 남성

당신은 내 마음을 터치다운 해버렸어요.

터치다운은 올라타겠다는 심보인데, 말 같이 타게 놔둘까?

무슨 차일까?

친구 부인이 차를 내왔는데,
식혜나 수정과이길 바랐으나 전혀 다른 것이었습니다.

냉장고에서 갓 꺼낸 시원한 음료가 아니라,
투명하고 시원한 무언가가 목안에서 한동안 맴돌았습니다.

감성을 뒤흔드는 정체는?

그래서 물어보았더니, 오늘은 마음으로 즐기시고,
다시 오실 때 알려드리지요.

친구 부인은 숨겼지만 나에게 들켜버렸습니다.
까다로운 내 입맛을 화들짝 깨우는 것에는,
전에 맛본 청도 감와인 향이 아주 조금 섞여있었습니다.

잘 익은 감식초에 설탕물로 희석한 것입니다.
청량음료와는 달리 갈증이 싹 가셨습니다.

한동안 향이 남아 지그시 눈을 감고 음미해봅니다.

커피의 본능

물에 당근을 넣고 끓이면, 단단한 당근은 부드러워지고
물에 달걀을 넣고 끓이면, 연한 달걀은 단단해지지만
물에 커피를 넣고 끓이면, 커피는 변하지 않고. 향기를 풍긴다.
커피와 설탕, 홍차와 설탕의 관계와는 다르니 Mistery다.
절대 고독의 시인 김현승(1913~1975)은 커피를 사발로 마셨다.
그만큼 커피를 사랑했다.

그는 커피를 마시는 동안에 '절대 고독'을 응시하면서 권태와 번뇌에서
벗어나려고 했다. 그래서 자신의 호마저 '다형(茶兄)'이라고 지었다.

레스토랑에서

어이! 저기! 커피 한잔! 하면 7000원
커피 한잔 주시겠어요, 하면 5000원
안녕! 우리 같이 마셔요! 하면 3500원

커피 선행

"몇 분인데 다섯 잔을 주문하세요?"

세 잔은 맡겨 놀 테니 누군가 찾으시면 드리세요.

어느 분이 물었다. "맡겨 논 커피 없어요?"

이 운동은 이태리 나폴리에서 시작하여, 세계 각지로 뻗어나가고 있다.
커피뿐 아니라 샌드위치와 간단한 식사까지도

아직도 네 정체를 모르겠다.
얄밉다가도 노을 녘엔
살짝 그리워지니
애증의 신비한 벗. 커피여!

Talleyrand 커피 예찬

커피의 본능은 유혹이다.
악마 같이 검고
지옥 같이 뜨겁고
천사같이 순수하고
와인같이 향이 나고
키스 같이 황홀하고.
사랑처럼 달콤하고.

외로움에 젖어들 때 살짝 그리워지는 커피.

갈 때까지 가신 분이세요?

찹쌀 배터지게 먹고 단체로 천당 가는 암닭 이야기입니다.

연인이 바람기가 있습니까?

문을 열어 두어도 닭은 날지를 못 합니다. 당신이 놓아주지 않으면 그 자리에 마냥 있을 겁니다.

연인이 잔머리를 굴린다고요?

사랑에 관한한 머리 굴리지 않은 그대만을 바라보는 닭대가리입니다. 모이만 잘 챙겨주면 편한 사랑이 될 것입니다.

연인의 사랑이 소극적입니까?

닭을 드셔야죠. 그러면 두발로 "꼭끼워~~" 안아 줄 겁니다. 그 안에서 "파닥 파닥" 대는 당신의 모습이 행복해 보입니다.

연인 체질이 약하십니까?

닭다리를 먹이셔야죠. 먹은 만큼 히프는 빵빵하게 됩니다만. 뚱뚱한 것보다 야리야리한 게 더 좋습니다.

궁합이 안 맞는 다구요?

상대는 닭이고 당신은 맥주입니다. 닭과 함께 맥주를 드시는 치맥은 찰떡궁합입니다.

아직 미혼이라고요?

캔터기 치킨을 드셔야죠. 벗은 닭은 예쁘지만 민망하지 않게, 튀김옷이라도 입혀야지요!

닭다리를 입에 넣어주는 연인의 손길이 아름답습니다.

벌써 결혼하셨어요?

그럼 삼계탕을 드셔야죠. 벗고 누워있는 영계에, 인삼, 대추, 밤 온갖 거시기에 좋다는 것을 다 넣었습니다.

사귄지 얼마 안 되었다고요?

사랑할 때는 닭 껍데기를 드셔야죠. 징그러워(?)하는 "닭살" 커플이 되실 겁니다.

갈 때까지 가신 분입니까?

튀김옷을 살짝 벗겨 드셔야죠. 하얀 속살이 드러날 때쯤이면 연인은 묘한 눈빛으로 바라보고 있을 겁니다.

찰랑거리는 머리칼

기를 발산하는 곳이 눈이라면 받아들이는 곳은 머리카락입니다.

이런 가정(假定)이 사실과 일치하는지 알아보기 위해, 버스를 기다리는 한사람을 지목하고 뚫어지게 쳐다보았습니다.

대상은 감수성이 빠른 여고생이었습니다.

그 학생은 부지부식 중에 머리카락에 손이 올라갔습니다. 다음 학생도 마찬가지였습니다. 어떤 때는 단체로 올라갑니다.

기를 받아드린 곳은 안테나입니다. 손이 올라가는 것은 안테나 위치를 조절하여 최상의 주파수에 맞추려는 행동입니다.

그래서 잡념을 안 하려면 안테나를 접어 두는 것이 좋습니다.

머리칼에 따라

입대한 아들이나 수학여행 떠난 딸 걱정에 밤 잠 설치는 쪽은 대머리 아버지가 아니라 쪽진 어머니입니다.

수능이 끝난 여고생들은 먼저 헤어스타일을 바꿉니다.
신병훈련소에서는 머리를 짧게 깎습니다.

출가하면 인연(因緣)을 떼버리려고 삭발(削髮)합니다.
장 서는 날 미장원은 머리칼 손보러 오는 아낙들로 북새통 입니다.

베토벤 모짜르트 하이네 바흐 비틀즈 등 이름 있는 음악인들은 장발이
많습니다.
좋은 안테나를 가져야 좋은 음악을 말들 수 있습니다.

블독은 털이 짧고 푸들은 털이 깁니다.
후각이 예민한 사냥개도 털이 깁니다.

예수님이 대머리라면 이상하지 않나요?

당신은 행복합니까?

누군가가 새 신발을 신고 나타나면, 부러움을 삭이느라고 사뿐히 밟아주었습니다.

옛날에 잘살고 못사는 것은 운동화를 보고 알았습니다.

요즘은 다릅니다.

부동산이나 주식 보다, 가족과 함께 보내는 시간이 얼마나 많은지 입니다.

세상에서 가장 행복한 사람은?

런던 타임지에서 앙케이트한 결과를 발표했습니다.

1위- 모래성을 막 쌓은 어린이
2위- 아가 목욕을 끝낸 엄마
3위- 공예품 장식장을 끝낸 목공
4위- 어려운 수술에 성공한 의사
5위- 추수를 끝내고 마차에 오른 농부

상위는 정치인 부자들은 들어있지 않고. 연예인도 빠져 있습니다.

행복하십니까?

글쎄요.
불행하십니까.
글쎄요.
좀 있다가 물어보면.
조금은요.

자신이 행복하다고 생각하는 사람은 거의 없습니다.
행복은 주관적이기 때문입니다.

행복이란

어떤 할머니는 "세월 가는 줄 모르고 사는 게 행복"이라고 합니다.
어떤 주부는 "웃음이 담장 밖으로 새어나오는 것이 행복"이라고 합니다.

불행한 억만장자나 행복한 거지, 행복한 돼지나 불행한 소크라테스, 이 모두가 가능한 것이 행복입니다.

그래서 행복은 마음 쓰기(用心)에 달렸습니다.

타이타닉 호 침몰

CQD (Come Quickly, Danger) 'SOS(Save Our Soul)'

대서양의 뉴펀들랜드 해역에서 빙산과 충돌하여 위급한 상황에 처해 있으니 구조를 요청한다.

타이타닉호 조난 신호가 카르파티아호에 포착되었다 그래서 즉시 뱃머리를 돌려 사고현장에 도착해보니 온통 얼음 바다였다.

어둠속에서 구명보트에 있던 승객 711명 전원을 구조했다.

타이타닉 호 부선장은 오랜 침묵 끝에 드디어, 사고 당시의 진상을 공개했습니다.

저는 이등 항해사로 승객의 안전을 책임 진 유일한 생존자입니다.

저는 양심을 걸고 직접 본 사실만 말씀드리겠습니다.

1912년 4월 14일 타이타닉에서 1,514명이 사망했습니다. 그리고 710명이 구조되었습니다.

타이타닉호가 빙산에 충돌했을 때였습니다.

선장은 여자와 아이들을 먼저 하선시키라는 명령을 하달했습니다.

그러나 여성들은 가족과의 이별을 반대하며 같이 남아있기를 원했습니다.

그래서 구명보트에 오르는 여성은 없었습니다.

한 남성이 "어서 보트에 오르세요! 하고 말하자 부인은 차분한 어조로 "당신과 함께라면 모를까 혼자 타지는 않겠어요."

이 부부의 마지막 모습이었습니다.

타아타닉 같은 선박 10척을 만들 수 있는 부자인 에스터 회장은 임신 5개월 된 아내를 가까스로 구명보트에 태웠습니다. 그리고 멀어져가는 보트를 향해 "당신을 하늘처럼 사랑했어요."

마지막 승객을 대피시키면서, 여기 빈자리가 하나 있어요! 어서 오르세요. 하자 에스터 회장은 일언지하에 거절하면서, 사람이라면 최소한의 양심은 있어야지!

그리고 마지막 자리를 아일랜드 여성에게 양보했습니다.

며칠 후에 그의 찢겨진 시신이 떠올랐습니다. 살아남을 수 있는 마지막 기회마저 거절한 것입니다.

목숨을 버려 양심을 지킨 위대한 선택이었습니다.

은행가인 구겐하임 씨는 생명의 위험을 느끼는 순간, 화려한 이브닝드레스로 갈아입고 "죽더라도 신사처럼 죽겠습니다."

아내에게 남긴 쪽지에는 이런 글이 적혀있었습니다

"배 안에는 나의 이기심 때문에 죽은 여성은 없을 것입니다. 나는 짐승보다 못한 삶을 살 바에야 신사답게 죽겠습니다."

미국 메이시즈(Macy's)백화점 창업자 슈트라우스 회장은 세계에서 2번째 부자입니다.

그는 부인을 설득했지만 구명보트에 태우지는 못했습니다. "당신이 가는 곳이라면 지옥이라도 따라 가겠어요.!"

고령인 슈트라우스 씨에게 "누구도 어르신이 보트를 타는 것을 반대하지 않을 것입니다" 라며 승선을 재촉했지만

"늙은이라고 다른 사람보다 먼저 보트에 타라는 제의는 거절하겠소."

그는 배에 남아 부인을 껴안고 최후를 맞이했습니다.

미국으로 신혼여행을 떠난 리더파스 양은 혼자 살아남는 것을 거부했습니다.

그러자 신랑은 눈을 감으라고 하더니, 갑자기 주먹으로 신부를 기절시켰습니다.

정신이 돌아왔을 때 그녀는 구명보트 안에 누워있었습니다. 신랑을 그리워하며 평생을 혼자 살았다고 합니다.

선미가 물에 가라앉기 시작하자 삶과 죽음의 마지막 순간에 사람들은 서로를 붙잡고 외쳤습니다. '당신을 사랑했어요!'

그리스에 있는 생존자모임에서, 스미스 부인이 자신에게 자리를 양보한 여성을 회고하며

아이들을 구명보트에 태우자, 만석이 되어 내가 앉을 자리가 없었습니다. 이때 한 아주머니가 저를 끌어당기더니, 어서 올라오세요. 아이들은 어머니가 필요해요.

나를 대신에서 내린 천사 같은 여성은 이름을 남기지 않았습니다. 그래서 그녀를 위해 '이름 없는 어머니' 기림비를 세웠습니다.

선장이 각자 알아서 탈출하라고 명령했으나, 전산실에 남아 마지막 까지 'SOS'를 치며 떠나지 않았던, VIP 50인 구조를 책임진 이등 항해사는 임무를 완수하고 배와 함께 생을 마감했습니다.

희생자 중에는 억만장자 언론인 장교 엔지니어 등 저명인사들이 많았습니다.

너도 남자냐?

예외도 있었습니다. 일본국영 철도회사 임원은 여장을 하고 구명보트에 올랐습니다.

생명은 구했지만 이런 사실이 알려지자. 귀국 후에 바로 해고를 당했습니다.

세계 언론들은 "너도 남자냐?"며 공개적으로 비난했습니다. 그는 수치심으로 가득 찬 삶을 자살로 마감했습니다.

Youtube, 사랑과 영혼 ▌

경상도 할머니와 미국인 청년

한참 만에 버스가 왔다.

"왔데~이~"

미국인은 오늘이 무슨 요일이냐고 묻는 줄 알고

"Monday"

할머니가 무슨 차냐고 묻는 줄 알고

"버스데~이"

미국인은 오늘이 할머니 생일인줄 알고

"happy birthday"

그러자 할머니는 차 삯을 모르는 줄 알고,

"일반버스가 아니라 직행버스데~이"

참말로 날쌘 양반이었지

신랑이라고 거드는 게 아니어! 그 양반 빠른 거 근동 사람들은 다 알아.

오토바이도 제일 먼저 타고, 달리기를 잘해 군수한테 송아지도 탔지!
죽는 것이 남보다 앞선 게 섭섭하지만 어쩔 거여! 이 년이 박복한 게지!

양지다방에서 맞선 보던 날, 나는 사카린도 안 넣었는데 그이는 뜨거운
커피를 단숨에 털어 넣더라니까.

뭐가 급했는지 오토바이 시동부터 걸더라고, 번갯불에 도롱이 말릴 양반
이지!

겨우 이름 석 자 물어 본 게 다인데 말이여!

그래서 저 남자가 날 퇴짜 놓는구나 싶었는데

어서 타라는 거여! 망설이고 있으니까 번쩍 안아서 태우더라고!
오토바이를 월산 뒷덜미로 몰고 가더니, 밀밭에다 팽개치고.

자갈길에 뱃살이며 젖가슴이 출렁거리니까 뭣에 쏠렸는지, 치마를 훌러
덩 뒤집어 얼굴을 덮더라니까,

처녀 적에는 좀 푸짐했거든

그 순간 이게 이녁의 운명이구나 싶었지만, 부끄러워서 두 눈 꼭 감고 있었는데,

정말 빠르더라고, 외마디 비명 한 번에 끝장이 났다니까.

옷매무새는 꼭 누룩에 빠진 흰 쌀밥 같았지

꽃무늬 치마를 입은 게 다행이지!

콧물 찍어내며 훌쩍거리고 있는데,
먼 산에 대고 그러는 거여, 시집가려고 나온 거 아니었어?

그래서 쳐다보니 불한당 같은 불곰 한 마리가 밀 이삭만 씹고 있더라고.

인생을 통째로 넘어뜨린 그 어마어마한 역사가 한순간에 끝장이 나니.
하늘은 밀밭처럼 노랗더라니까.

얼마나 빨랐던지 그때까지도 오토바이 뒷바퀴가 하늘을 향해 대그루 돌아가더라니까.

그 양반 바람 한번 안 피우고, 죽을 때까지 그 버릇 못 고쳤어!
가정용도 안 되는 걸 어디 가서 상업적으로 써 먹겠어!

참말로 날쌘 양반이었지

이정록, 2011 창작과 비평에서

막걸리 한잔

과거에 서민들에게는 막걸리가 유일한 낙이었습니다. 안주로는 동태찌개 빈대떡 도토리묵

문인 묵객들은 무슨 주선(酒仙)이라고, 시상(詩想)이 떠오르지 않으면 술집에 갑니다.

최불암 모친이 운영하던 명동의 '은성'이라는 술집은, 외상으로 마시는 손님이 많았습니다.

그런데 외상술을 마시고나서 코빼기도 보이지 않자, 외상값을 독촉하기로 했다고 합니다.

그래서 즉석에서 써 낸 박인환의 '세월이 가면'

지금 그 사람 이름은 잊었지만,
그 눈동자 입술은
내 가슴에 있네!

이외수는 외상값을 갚기 위해 신춘문예에 응모했다가 얼떨결에 당선 되었다고 합니다.

왜 사는가? 왜 사는가?…외상값 때문에

황인숙이 단 석 줄로 완성한 '삶'이라는 시에서, 외상값 때문에 사는 인생이라고 했습니다.

은성의 외상값 장부에 오른 명사

배우 조지훈 최일남 이순재 변희봉
언론인 김중배 이규태 이경식 진 념

은성은 뜨내기들에게도 외상을 주고, 천천히 갚아도 될 만큼 인간미가 넘쳐났다고 합니다.

국문학자 양주동 선생의 글에서

막걸리

아버지는 지고는 못 가도 마시고는 간다는 주당이었다.

술도가에서 언제나 막걸리 한 양푼 정도는 공짜였다.

읍내에서 막걸리를 드시고, 단숨에 시오리 길을 달려 집이 바라보이는 저수지 앞에서 쓰러져 주무셨다.

어머니는 그런 아버지를 보고, "저 화상! 내 속을 태우려고 꼭 집이 보이는 데 와서 쓰려 진다! 속 터진다! 터져!" 악다구니를 쓰셨다.

풍채 좋으신 아버지를 동네 장정들이 모시고 와서 사랑방에 뉘우시면, 어머니는 명태를 두드려도 분이 안 풀리면, 빡빡 찢으면서 원망을 하셔도 그 명태를 넣어 꼭 술국을 끓여주셨다.

꼭 그 자리에서 취하시는 아버지의 마음을 어머니는 아셨을까? 아버지! 그립습니다,

시인 우보 임인규

청도 세계 맥주 페스티발에서 가장 인기가 있는 안주로 번데기가 뽑혔습니다. 시인이 입과 몬도가네 입이 동거하는 것일까요.

YouTube, 영탁의 막걸리 한 잔 ▌

문 (門), 시인 임경림

오래 닫아두면
그건 문이 아니야
벽이지

열기위해
잠시 닫아 두는 게 문 이야!

벌서는 아이처럼
너무 오래
나를 세워두지 말았으면 좋겠어!

본래 하나였던 세상
나로 인해 나누어 진 다는 건
정말 슬픈 일이야!

안과 밖이
강물처럼 만나
서로 껴안을 수 있게

마음과 마음이
햇살 되어
따뜻이 녹여줄 수 있게

이제 그만 나를
활짝 열어 두었으면 좋겠어

겨레의 밭

1963년 7월 4일, 어떤 시인(청마 유치환)이 부임한다는 소식에 갈래머리 여학생들 마음에는 걷잡을 수 없는 파도가 일었다.

전교생이 교문 앞에서 두 줄로 도열하여 선생님을 기다렸다.
학생들을 술렁거리게 한 무대는 바로 부산 경남여고

당시 학생회장의 회상

우리는 기다리던 시간 내내 행복했습니다.

"파도야! 어쩌란 말이냐?"
"깃발"
"바위"

선생의 시를 애송하면서 연정을 품고 있었는데 부임한다니, 교정은 흥분의 도가니가 되었습니다.

지금 생각하면 대단한 행운이었지요.

파도야 어쩌란 말이냐
파도야 어쩌란 말이냐
임은 뭍같이 까딱 않는데

파도야 어쩌란 말이냐
날더러 어쩌란 말이냐

생명에 대한 뜨거운 사랑을 노래한 당대 최고 시인은 어떤 화두를 던지
실까?

여자는 어떤 꽃으로도 때릴 수 없다. 하물며 여러분 같이 어여쁜 소녀들
이야!

인륜지 대사에 앞서 청혼할 때는 꽃다발을 바친다. 이렇게 아름답고 고
귀하고 소중한 것인데
"과연 청마 선생님!"

뜨거운 환호성과 함께 박수 다음으로, 한동안 침묵이 이어졌다.
선생님의 행보는 여기서 그치지 않았다.

당시 교훈은

근검하고 관대하라.
봉공정신을 가져라.
의뢰심을 갖지 말라.

여자고등학교 교훈으로는 좀 거시기한데. 선생님이 내놓은 교훈에 '깍'
하고 모두가 까무러쳤다.

'겨레의 밭'

짤막한 시 형식을 띤 것인데, 청마가 아니면 도저히 나올 수 없는 파격이 었다. 페미니스트 입장에서 여성을 인격체가 아닌 '모성'이나 '밭' 같은 성적인 것으로 본다는 지적도 있었다.

남학생들은, "그럼 우린 겨레의 씨앗이냐?"

억세고 슬기로운 겨레는 오직 어엿한 모성에서 이루어지니, 이 커다란 자랑을 가지고 우리는 스스로를 닦는다.

경남여고에는 전부터 이런 교훈이 있었다. 당시 시대상을 구현한 것이다. 교육부에서 교훈에 순결 몸매 부덕(婦德) 등 여성에 관한 고정관념을 배 재하라는 훈령을 하달했다.

경남여고도 그 유탄을 피하지 못했다.

선생님의 깊은 뜻을 헤아리지 못한 교육부가 원망스러웠으나. 우여곡절 끝에 '겨레의 밭'이 채택되었다.

한 학생이 당돌한 질문을 던졌다.

"사랑이란 무엇입니까?"

선생이 한참을 생각하다가 "사랑이란 어처구니없는 것이다.“
그렇다. 어처구니없는 것에 우리들은 가슴앓이를 한다.

선생은 만주 등지를 떠돌다 광복이 되자, 늦은 나이인 38세에 통영여중 교사가 되었다. 그는 유부남이었다.

이영도는 21살에 남편과 사별하고 딸 하나를 키우며, 언니 집에 더부살 이를 하는 23살 청상과부다.
재색이 뛰어나고 행실이 조신한 그녀는 성격 또한 안동포 모시 깃처럼 고고했다. 사내들 유혹에 접근할 틈을 내주지 않았다. 그녀는 오직 시를 쓰는 일에만 몰두하면서 외로움을 벗어나려고 몸부림을 쳤다.

연인(戀人) - 이영도

오면 민망하고 안 오면 서글프고
행여 음성이라도 들을 수 있을까

하루 종일 안절부절 하다가도
정작 마주하면 할 말이 없어

야윈 가슴으로 먼 창만 바라보다가
오시면 못 이긴 척 보내드리오리다.

선생은 편지를 3년이나 보내서 마침내 마음을 열었다.
하지만 둘의 사랑은 오래 가지 못했다.

이 후의 사연은 아무도 모른다. 사랑은 기약할 수 없기 때문이다.
애절하고도 아름다운 사랑은 젊은이들의 로망이었다.

낭만가객 최백호(1950)

흰 머리조차 낭만적인 최백호는 스니커즈를 즐겨 신는, 소탈하지만 자신의 스타일을 고수하는 멋쟁이

어렸을 적에는 화가가 되는 게 꿈이었어요. 또한 시나리오도 쓰며 영화감독이 되려고도 했습니다.

예전에는 세상이 어떻게 돌아가는지 잘 몰랐거든요. 오라는 대로 오고 가라는 대로 가고, 그렇게 살았어요.

어떤 계획을 가지고 살기 보다는 자연의 순리대로 욕심 없이 살았어요.

요즘에는 축구도 하고, 골프도 치고, 그림도 그리며 취미를 즐기며, 나무 그리기에도 열중합니다.

낭만에 대하여로 큰 인기를 누렸을 때도, 오랫동안 슬럼프를 겪었을 때도, 세파에 쉽게 휘둘리지 않았습니다.

가수가 인생의 전부라고 생각하지 않아요. 하지만 가장 행복한 시간은 노래를 부를 때죠.

저는 좋아하는 일을 하면서 지냅니다. 지금이 가수로서 전성기라고 생각합니다.

아쉽지만 저는 인생의 후반전을 향해 달려가고 있습니다.

저는 음악을 기초부터 공부한 사람이 아니에요. 오로지 노래에만 집중했어요.

데뷔할 당시에는 카세트테이프가 나오기 전인 LP시대였습니다. 그러니 노래를 부르다가 마음에 들지 않으면 다시 녹음을 해야 했습니다. 하지만 그 때가 좋았어요.

요즘에는 녹음을 따로 하니까 너무 완벽해서 인간미가 없어요. 나중에 기회가 오면 아날로그 방식으로 취입하겠어요.

낭만에 대하여

궂은 비 내리는 날
그야말로 옛날식 다방에 앉아
도라지 위스키 한 잔에다
짙은 색소폰 소리 들어보렴

새빨간 립스틱에
나름대로 멋을 부린 마담에게
실없이 던지는 농담 사이로
짙은 색소폰 소리 들어보렴

이제와 새삼 이 나이에

실연의 달콤함이야 있겠냐만은
왠지 한 곳이 비어 있는 내 가슴이
잃어버린 것에 대하여

고등학교를 졸업하고 영화감독이 되겠다고 대학 연극영화과에 합격했는데 가정형편이 어려워서 진학을 포기하고 그림공부를 했다.

군에 입대를 했으나 얼마 지나지 않아 폐결핵을 앓았다.

돈이 떨어져 중고 기타를 들고 산속으로 들어가서 오두막집을 짓고 살았다.

내 마음 갈 곳을 잃어는 어머니를 여의고, 부산 어느 황량한 해변을 거닐다가 쓴 가사다.

노래에 쓸쓸함이 짙게 묻어나오는 것은 어린 시절을 힘들고 외롭게 보냈기 때문이다.

먹기 위해서 통기타를 치고 노래를 불렀다. 절망의 순간에 통기타를 들고 노래를 하니 돈이 들어왔다.

노래를 부르면서 '좋다', '즐겁다' 하는 생각은 한 번도 안 했다.

최백호의 인생

아버지는 28살에 국회의원이 되었는데, 최백호가 태어 난지 겨우 5개월

만에 교통사고로 돌아가셨다.

애비 잡아먹은 자식이라는 할아버지의 노여움 때문에 집을 나왔다.

영일만 친구로 TBC 방송가요대상 남자가수상을 수상했다.

전성기를 누비던 1980년, 국민배우 김자옥과 결혼했다.

김자옥과 이혼, 손소인과 재혼, 인생의 냉탕과 온탕을 골고루 맛보았다.

재혼한 부인 손소인은 콘트라베이스를 전공하던 악도였다. 최백호보다
10살 연하. 부모들은 미국에서 산다.

이제와 새삼 이 나이에 실연의 달콤함이야 잊겠냐마는, 낭만에 대하여는
그 시절에 나왔다.

제 인생을 되돌아봤을 때 가장 좋았던 시절은 50대였던 것 같다. 그때 돈
을 많이 벌었다.

최백호 집안으로는 가수 최성수, 탤런트 최불암, 최수종, 최경록 그리고
육군참모총장이 있다

Youtube, 영일만 친구

소크라테스 Socrates

좀 물어봅시다.

나는 수줍을 타는 소심한 성격이라 옆 사람이 누군지 모르오. 그러니 나를 알 턱이 없소. 그런데 왜 네 자신을 알라고 하시오?

당신은 맨발에 누더기 옷을 걸치고 다닌다고 들었소. 자신이나 가꿀 일이지! 왜 네 자신을 알라 하시오?

한 치 앞도 모르는데, 난들 너를 알겠느냐고 타 타 타에서 말했소, 모르는 게 당연하오. 그런데 왜 네 자신을 알라 하시오?

중우(衆愚)가 여론을 지배했다,

돈을 받고 지식을 파는 소피스트 등으로 혼란에 빠진 아테네는 새로운 스승이 필요했다.

신탁과 제사장

고대 그리스 '델포이의' 신전의 비문(碑文)에는 'Gnothi Seauton (너 자신을 알라!) 라는 조각이 있다.

신탁은 '델포이의' 신전에서 신의 뜻을 물어, 응답을 받아 이루어진다고 한다.

제사장은 어떻게 민중을 교화시킵니까? 하고 신탁을 구했다.

"이 세상에서 소크라테스보다 더 현명한 사람은 없다. 그러니 그의 뜻을 따르라!"

시선을 돌리면 넓은 세계가 보일 것이다. 미몽에서 깨어나 아름다운 아테네 시민으로 다시 돌아오라. 이런 말일 것이다.

사형선고를 받다.

소크라테스는 신을 모독하고 청년들을 타락시켰다는 죄목으로 사형 선고를 받았다.

그러자 아내 크산티페가 나서서, 부당한 처사라며 남편에게 탈출을 권유했다.

"당신은 내가 합당한 이유로 사형되기를 원하오?"
관리를 매수할 테니 탈출을 하라고 권유한 친구들의 제의에,

"내게 불리하다고 법을 지키지 않는 것은 사리에 어긋나는 일이요."
지인들의 도망치라는 권유마저 거부했다.

우리가 알고 있는 소크라테스의 유명한 명언 악법도 법이다!
정작 그는 이런 말을 남긴 적이 없다고 한다.

1930년 법학자 오다카 도모오는 일본의 잔혹한 식민통치를 합리화하기
위해, 실정법주의(實定法主義)를 주장하며 쓴 글이라고 한다.

독배를 마셨다.

나이가 70세를 넘었고, 신념을 꺾느니 죽는 게 낫겠다고 생각했다.
아테네 시민들의 증오의 대상이었다.

아테네의 법에 따랐고, 이의를 제기하지 않았고, 혜택을 입었고, 아테네
를 위해 옳은 말을 해온 터라, 떳떳하게 죽고 싶었다,

판결이 부당하더라도 부정해서는 안 된다는 신념이었다.

탈옥한다면 내 가르침들이 빛이 바랠 것이니, 복종하겠다며 의연하게 독
배를 마신 것이다.

나훈아의 "테스 형"

어쩌다가 한바탕 턱 빠지게 웃는다. 그리고 아픔을 그 웃음에 묻는다.
그저 와준 오늘이 고맙고. 죽어도 오고 마는 내일이 두렵다.
아! 테스 형, 세상이 왜! 이리 힘들어?

나훈아가 할아버지 묘소에 성묘를 갔다가 문득 생각나서 쓴 곡인데 처음에는 소크라테스가 아니라 아버지였다.

'아버지'라고 불러보니 임팩트가 부족했다. 그래서 대중적인 인기에 영합하여 소크라테스로 바꿨다고 한다.

소크라테스의 부인 크산티페는 악처로 소문이 났다.
제자들이 물었다. 악처를 데리고 사시는데 무슨 비결이라도?

마술(馬術)에 능한 기수는 명마를 탄다네!. 그리고 명마를 다룰 줄 알면 말 타기가 수월한 것과 같이, 악처를 다룰 줄 알면 어떤 여성도 쉽게 다룰 수 있다네!

물레방아 돌아가는 소리도 귀에 익면 괴롭지 않아!
아내로 부터 물세례를 받자. 천둥이 친 다음에 소나기가 오는 법이네!

온순한 아내를 얻으면 행복할 것이고, 사나운 아내를 얻으면 철학자가 될 것이네!

얼마나 악처였으면 결혼은 "해도 후회하고 안 해도 후회한다."는 말을 남겼을까.

방탄소년단

한 기자가 방시혁 대표에게 물었습니다.

음악의 본질은 정서함양인데, 젊은이들이 좋아하는 곡의 이름에 소총이나 기관총 보다 더한 다이나마이트 폭약을 사용했습니까?

브람스의 잔잔한 살롱 뮤직이라면 모를까, 베토벤 쇼팽 슈베르트, 어떤 음악도 절정의 순간을 클라이맥스로 장식합니다.

젊은이를 상대로 하는 음악인데 아무런 특징이 없이, 술에 물 탄 듯 그저 그렇게 만들 수는 없는 일입니다.

그래서 그 곡에 엑센트를 준 것입니다.

방탄은 공격적인 것과 반대입니다. 총알을 맨손으로 막겠다는 강한 의지 표현입니다.

시험 삼아 다이너마이트 보다 덜 하지만, '총 맞은 것처럼'을 백지영에게 주웠더니 예상 외로 히트를 쳤습니다.

그리고 방탄소년단 명칭은 제가 작곡한 곡과 관계가 없습니다.

롯시니의 오페라 '월리엄 텔 서곡에서, 말을 타고 달리는 광활한 웨스턴

뮤직이 나옵니다. 그러나 배경은 스위스입니다.

요한 스트라우스 '맑고 푸른 도나우 강'은 도나우 강과는 아무런 관계가 없습니다.

대표 방시혁(房時爀, 1972)

경기고등학교와 서울대학교 문리과대학을 차석으로 졸업했다.

여동생은 이화여자대학교에서 작곡을 전공하고 지금은 보석 디자이너로 프리랜서다.

중학교 시절 밴드 활동을 하면서 악기의 생생한 소리에 매료되어 음악을 시작했고, 서울대학교에 입학하면서부터 본격적으로 음악활동을 했다.

내 친구 명자 이야기

방시혁의 엄마인 명자는 하얀 피부 자그마한 키에 이목구비가 뚜렷했다.

중학교 1학년 때였다, 명자는 언니 앞에서 초등학교 교과서를 줄줄이 외웠다.

게는 열심히 하는데, 너는 왜 하지 않느냐는 언니의 핀잔을 들었다.

명자는 서울대 문리대 영문학과를 나온 수재다.

서울의 한 아파트에서 우연히 명자를 만났다.

시아버지 남편 그리고 두 남매와 함께 살고 있는데. 근엄하신 어른을 모시느라고 얼굴에는 항시 긴장이 감돌았다.

명자 집에 놀러갔는데, 엄마 친구가 왔다며 중학교 1학년짜리가 기타를 연주했다.

아들이 음악에 빠져있어 명자도 걱정이 되는지 기타만 끼고 산다고 툴툴거렸다. 그래서 전교 1등하냐고 물었더니 그렇다고

어느 대학에 지원했는지 궁금했다.

꼬장꼬장한 할아버지께서 한 달 동안 식음을 전폐하시고, 서울대학교 법과대학을 고집하셨다고 한다.

고등학교 선생님까지도 마지막까지 법대를 종용했다.

판검사가 되는 게 인생에서 '성공의 지름길'이라고 여기던 시절이었다.

아들은 서울대를 지원하면서도 법대를 외면하고 본인이 원하는 문리대 미학과를 선택했다.

어려운 순간에 마지막으로 아들 손을 들어준 것은 명자였다.

아들도 고비마다 하고 싶은 일을 하게 해 주신 엄마 덕분이라고, 공을 엄마에게 돌렸다.

아들이 바로 방탄소년단을 만든 방시혁 대표다. 아들의 성공에 명자는 감동을 조용히 소화하고 있다. 그런 아들을 둔 영광은 아무나 누리는 게 아니다.

입시철이면 자식들 때문에 한숨이 터져 나온다. 하지만 답은 확실하다.

진로 선택에서 1순위는 본인이 가장 즐겁게 공부할 수 있는 분야다. 즐기는 자 이길 수 없다는 말 같이

그 확실한 증거는 방탄소년단의 성공이다.

송명견 동덕여대 패션디자인학과 교수

낚시꾼의 뻥

이번 출조에서 도다리 한 마리를 재대로 올렸는데, 빨래판 두 개를 붙여 놓은 거만 하지 뭡니까?

회를 떴더니 동네 사람 13명이 먹고도 남았습니다.

이렇게 뻥 치는 사람들은 선망의 대상이다. 이런 재미에 유치찬란한 언어로 침소봉대를 한다.

까불고 싶은 인간의 원초적 욕망이 그렇게 만든 것이다.

뻥은 뻥튀기에서 유래한 말이다.

생면부지 꾼들이 지루한 항해를 오로지 낚시라는 화제로 이야기꽃을 피우고 있었다.

뻥은 선장부터 시작되었다.

포인트까지 가는데 걸리는 시간은? 바로 코앞입니다. 보통은 한 시간, 파노가 치면 두 세 시간이 걸리는데

어마 무시한 부시리를 잡았다거나 쿨러를 가득 채우고도 남았다는 광어

겁나게 컸나 봅니다. 하고 추임새를 넣으면 대문짝만한 회를 뜬 겁니다. 라는 말이 돌아온다.

후속타로 다른 꾼의 경험담으로 이어지는데.

갈치 낚시하러 갔을 때, 새벽에야 한 마리 제대로 올렸지! 10치 정도는 되었을 걸, 하면서 손바닥을 펴 보인다.

보통 갈치는 3치 정도고 4치나 5치는 대물이다. 그런데 10치라니? 이건 갈치가 아니라 괴물이다.

이때 '뻥치지 마세요.'하면 절대로 안 된다. 그러면 자신도 '뻥'에 합류할 기회를 놓친다.

뻥도 심하다 싶으면 누군가가 제지를 한다.

에이! 그런 갈치가 어디 있어? 5치까지는 잡아봤지만 10치는 듣도 보도 못했네!

그러면 말한 사람은 증거를 제시하기 위해 휴대폰에서 사진을 뒤진다.

대개는 실수로 지워졌지만 실제 존재했는지는 그다지 중요하지 않다.

그리고 다른 꾼이 또 다른 '뻥' 세계로 인도를 한다.

뜰채에 담으려는 순간, 바늘털이를 하며 유유히 사라진 농어는 1m는 족히 넘었을 것이야!

요동을 치면서 목줄을 끊고 달아난 우럭은, 7자는 족히 되었을 것이야!

다금바리와 사투하다가 용왕님을 알현한 추자도 전설적인 낚시꾼이 등장한다.

잡은 물고기에 비해 놓친 물고기는 세월이 갈수록 커져서, 멸치가 꽁치로, 다음에는 먹장어를 넘더니 참치 대물로 진화한다.

꾼들은 이런 추억을 첫사랑의 아련함처럼, 몇 마리씩 마음 한구석에 간직하고 있다.

뻥을 치면 재미가 쏠쏠하고, 누구에게도 피해를 주지 않는다.

낚시꾼이 '뻥'을 친다면 사기꾼이라고 매도하지 마시라.

김홍신의 '인생사용설명서'

목이 마르면 안다.
물이 생명이라는 것을

놀아보면 안다.
일터가 낙원이라는 것을

아파보면 안다.
건강이 재산이라는 것을

굶어보면 안다
밥이 하늘이라는 것을

이별하면 안다
그이가 좋은 사람이라는 것을

불행해지면 안다.
고통도 행복이라는 것을

개고생을 해보면 안다.
집이 천국이라는 것을

죽음이 닥치면 안다.
할 일이 남았다는 것을

일본 여행

나는 역마살이 낀 탓인지 여행을 자주 떠난다.

오사카에서 유스 호스텔에 유숙한 적이 있었다.

외국 문화를 경험하기에는 일본의 전통여관인 료칸이 좋은데, 당시만 해도 숙박업소에서 영어가 통하는 곳은 유스 호스텔 뿐이었다.

오사카 성

첫날은 도요토미 히데요시의 오만 방자한 언행이 생각나 오사카 성을 보기로 했다.

성의 처마는 한옥의 운치 있는 선과는 달리 짜 맞추는 듯했다. 그리고 성 주위에 있는 해자 크기는 장난이 아니었다.

갑자기 우리나라에서는 묘지에서나 한두 마리 볼 수 있는, 수십 마리의 까마귀 떼가 불길한 소리를 내며 날아왔다.

고베 지진현장

세계 최대라는 오사카 카이유칸 해양 수족관을 관람했다. 그리고 여객선을 타고 고베 지진 현장을 둘러보았다.

일본의 메이와쿠(迷惑) 문화

1995년 일본 고베 대지진 때 본 장면이다. 70대 노인이 깔렸는데. 가까스로 구조했지만 숨을 거둔 뒤였다.

아들이 통곡하는 대신에, 구조대원들에게 90도로 절하며 계속해서 "감사합니다.", "수고하셨습니다." 하며 눈물을 보이지 않으려고 감정을 통제하고 있었다.

지진으로 6,000여명이 사망했지만 어디서도 오열이라고는 찾아볼 수 없었다. 로봇을 보는 것 같이 오싹했다.
인간인지라 슬픔이 없을 리 없겠지만, 감정을 겉으로 드러내지 않으려고 꾹 참고 있었다.
한국인이라면 땅을 치며 통곡할 상황에서도 일본인은 남의 시선을 의식한다. 남에게 폐 끼치는 '메이와쿠(迷惑)'를 죄악시하기 때문이다.

한국인이 격정적이라면 일본인은 냉정하다.
그런 태도는 찬탄할만하지만 때로는 비인간적으로 비쳐진다. 그래서 일본 사람들이 외계인 같다고 생각할 때가 있다.

두 민족을 한 형제로 분류할 만큼 유전적인 형질이 가까워도 기질은 대조적이다.

한국인은 친해지면 간까지 빼주지만, 일본인은 능굴능신(能屈能伸)하게 거리를 둔다.

한국은 하고 싶은 말의 120%를 말하는데 일본은 70% 정도만 말한다. 내심을 감추는 일본과 솔직하게 밝히는 한국의 차이다.

한국에서 '겉과 속이 다르다'는 말은 욕인 반면, 일본에선 훌륭한 처세술이다.

두 나라 국민성을 60여 가지 항목으로 비교한 논문에서, 눈에 띠는 것은 좋아하는 꽃이 다르다는 것이다.

일본인은 화려하게 피었다가 금방 시드는 벚꽃을 황실 문장(紋章)으로 사용하고 한국인은 끈질긴 생명력을 가진 무궁화를 국화로 삼았다.

일본들은 과거의 잘못을 사과도 배상도 한 번 하면 끝이라고 생각한다. 그러나 한국인들은 진정으로 사과한 것이냐고 지겹도록 묻고 또 묻는다.

일본 사람들은 정치 지도자를 탓하지 않고 자신들의 운명으로 조용히 받아드린다.

생각도 가치관도 다른 데, 같을 것이라는 잘못된 믿음이 끝없는 갈등을 가져온다.

한 일 갈등의 원인은, 각자 자신의 잣대로 재기 때문에 생긴 오해에서 비롯된 것이다.

세월이 흘렀다. 이제는 서로의 차이를 인정할 때가 되었다.

Q. 유리창이 없는 곳에 앉자있는 여자는?
A. 창피한 여자

Q. 여자가 지켜야 할 도리는?
A. 아랫도리

Q. 파리가 커피 잔에 빠져 죽으며 하는 말?
A. 쓴맛 단맛 다 보고 간다.

Q. 못 생긴 여자가 계란으로 마사지하면?
A. 호박전 부치기.

Q. 방금 울고 또 우는 여자는?
A. 아까운 여자

Q. 남자가 좋아하는 여자는?
A. 속 좁은 여자

Q. '우리에게 내일은 없다.'는 누가 한 말인가?
A. 하루살이

Q. 초저녁이면 홀랑 벗고 기다리는 것은
A. 통닭

Q. 이별 통고에 성 불구자가 서류를 찢었다
A. 발기발기

Q. 브라자가 꽉 조이면 무슨 일이 일어날까?
A. 가슴 아픈 일

나는 이런 재미로 여행을 떠난다.

한 곳에 가만히 있지 못하는 무드셀라 증후가 도졌는지, 역마살(役馬煞)이 낀 건지, 나는 천하를 주유(周遊)해야 직성이 풀린다.

사하라 사막 렐리에서 우승한 차종인 내 시트로앵도 한껏 신이 나서 쌩쌩 바람을 갈랐다.

몸은 자유로워지고 마음은 풍요로워는 것이 여행의 장점이다.
여행지에서 만난 사람들과 인연을 맺는 것도 여행의 매력이다

오프로드를 따라 콧노래를 부르며 여행을 하는 것이 어느덧 일상이 되어버렸다.

비가 오 뒤라 날씨가 화창했다.

타이트한 일상을 벗어나 느릿느릿 달릴 수 있어 더 없이 좋았다.
지그재그로 달리는데 지대가 높기 때문인지 갑자기 소나기가 쏟아졌다.

아주머니들이 보퉁이를 인체 손을 흔들었다.

머위 대를 꺾으러 왔는데 오늘 따라 비가 와서 예년의 반밖에 못했다고 아쉬워했다.

차비는 타기 전에 드려야 마음이 편하다며 품에서 꼬깃꼬깃한 천 원짜리 지폐 한 장을 꺼냈다.

주시니 받겠습니다만 천원은 너무 많아요! 그리고 오백 원짜리 동전 두 개를 거슬러주었다.

아주머니들은 머리에 인 보따리를 신주단지처럼 내려놓지 않았다, 그래서 거들어주려고 했더니 한사코 손사래를 쳤다.

우리가 무거우면 차도 무겁겠지요! 기사양반! 운전이나 잘 하시오! 졸지에 운전기사가 되었다.

머위를 어디에 쓰려고요?

서울 양반이라 알 턱이 없지! 간단해요. 봄철 새순은 간장에 졸이거나 장아찌를 만듭니다.

여름철에 딴 머위는 껍질을 벗겨 들기름에 볶으면 맛이 좋아요.

아주머니! 재미있는 이야기 하나 해드리죠.

장의사에 시체 3구가 들어왔는데 모두 웃고 있었습니다. 울어도 시원치 않을 판인데 왜 웃고 있을까요?

첫 번째 시체는 그 짓을 하다가 복상사로 죽었답니다.

두 번째는 마누라가 늦게 들어온다고 화내다가 죽었답니다.

세 번째는 화창한 날인데 하늘에서 날벼락을 맞아 죽었답니다.

벼락을 맞았는데 왜 웃었을까요?

사진 찍는 줄 알고 "치즈" 했답니다.

근데 기사양반! 뭣 담시 매미 혼자서 다닌대유?

허! 내가 외로워 보입니까? 아닙니다. 세상에서 가장 행복한 사람입니다.

근데 왜 기러기래유?

맞습니다. 나는 돈 버는 재미로 살았습니다. 제법 큰돈도 모았습니다.

그래서 야산이나 임야를 닥치는 대로 매입해서 짱박아두었습니다. 얼마 안 가, 그 땅 옆에 아파트가 들어섭디다. 그래서 내 땅은 대박이 났습니다.

그 땅을 몽땅 팔아 건물을 샀습니다. 월세 들어오는 재미가 쏠쏠합디다.

다음은?

평생을 쓰고도 남는 재산은 모았으나, 뒤돌아보니 마누라도 자식도 없는 외로운 신세였습니다.

아! 그랬군요. 후회한다고 달라지겠습니까? 음악이나 들읍시다.

무심결에 백미러를 보니 누군가와 핸드폰으로 소곤소곤 통화하고 있었다.

마을 어귀에 왔는데. 갑자기 말씨가 달라졌다.

사장님! 들깨기름에 볶은 머위나물 맛 좀 보고 가세요.

누추하지만 저의 집으로 모시겠습니다. 시골집 치고는 정갈했다.

안방에 좌정하자 30대 초반으로 보이는 여인이 개다리소반을 들고 들어왔다.

소반에는 들깨기름으로 볶은 머위 나물과 막걸리 주전자가 놓여있었다.

자기는 영월 읍내에서 교편생활을 하다가, 언니 집에 더부살이를 하고 있다고 했다.

요조숙녀(窈窕淑女)로 보이는데 더부살이를 한다고?

남편과는 사별이라도? 미인박명이라는 말이 자꾸 떠올랐다.
시골사람이라고 놀려 댄 것은 아닌지 미안한 마음이 들었다.

문틈으로 엿보고 계신 두 분도 들어오시지요.

Andrea Bocelli - Quizas Quizas Quizas

검고 달달한 유혹 자장면

정복자 뒤를 상인이 따라간다고 하지만 중국은 달랐다.

임오군란(1882년) 당시 청나라 군인들이 조선에 들어오자, 쿠리들이 조선과 가까운 산동 반도에서 인천으로 들어왔다.

인천항 부두에서 짐 나르던 중국인 노동자들이 값싸게 먹을 수 있게, 면을 춘장에 비빈 것이 자장면이다.

자장면을 처음 팔기 시작한 곳은 인천 차이나타운의 '공화춘'.

운영하던 중국 사람은 세상을 떠나고, 지금은 주인 없는 빈 건물만 차이나타운을 지키고 있다.

어느덧 자장면은 마라도에서부터 경포대까지 하루에 800만 그릇(316억 원)이 팔리는 국민음식이 되었다.

4월 14일은 세계에서 유일하게 우리나라에만 있는 '자장면 데이'

여성이 남성에게 애정 표현을 하는 2월 14일 발렌 타인 데이, 거꾸로 남성이 여성에게 사랑을 고백하는 3월 14일 화이트 데이,

이 날이 지나도록 짝을 구하지 못한 남녀가, 자장면을 먹으면서 쓸쓸한

마음을 달랜다고 해서 '블랙 데이'

이날은 자신이 아무에게도 소속되지 않았다는 것을 자랑하기 위해 검은 옷을 입고 검은 자장면을 먹고, 블랙커피 잔을 부딪치며 축배를 든다고 한다.

자장면의 유래

생활에 여유가 있어서인지, 짜장면을 임펙트가 낮은 자장면이라고 불렸다. 50년 만이다.

어렸을 적에 가장 먹고 싶은 음식이 무엇이냐고 물으면 모두가 자장면
군인들도 가장 먹고 싶은 음식도 장면

중국집에서

덜 급한 놈은, 짜장면 하나에! 단무지와 양파 많이 줘요!
조금 급한 놈은, 빨리 나오는 걸로 아무거나!
아주 급한 놈은, 메뉴판을 턱짓하며 젓가락부터 깐다.

자장의 본고장 중국 북경에 '서울 자장면' 집이 생겼다. 중국인의 입맛에 우리 자장면이 도전장을 낸 것이다.

왕이(王毅) 중국 외교부장이 한국을 방문했을 때 뜬금없이 자장면을 국

빈 만찬으로 내오라고 했다.

전에도 먹어봤지만 아무래도 중국 음식이 아닌 것 같아!

김치 삼계탕을 자기들이 원조라고 우겼는데, 자장면은 아니라고?

북경반점(김의섭의 영화)

자장면(김상수의 연극)

자장면을 먹으며(정오순의 시)

자장면(안도현의 동화)

짬뽕과 자장면(가요)

철가방(허영만의 만화)

자장면(허영만의 만화)

불어터진 자장면 면발 같은 소리

일요일이니 자장면이나 시켜먹자!

띵똥! 배달 왔습니다.

그런데 자장면에서 이물질이 나왔다.

큰 손주는 전화로 사장 바꾸라고!

작은 손주는 인증 샷을 찍고!

할아버지는 "다치지 않아 다행이다. 그냥 먹자!"

중국집 사장

"100번째 손님! 탕수육에 당첨되셨습니다. 축하합니다."

선지자 나스레딘 (Nasredin)

아라비아 상인이 유산으로 낙타 17마리를 남기고 세상을 떠났다.

큰 아들은 장남이니 17마리의 반을
둘째 아들은 1/3을
셋째 아들은 1/9을

계산이 딱 떨어지지 않아 정하지 못하고 있는데

지나가던 노인이 안타까운지 낙타 한 마리를 내놓았다.
그래서 낙타는 18마리가 되었다.

첫째에게는 1/2인 9마리를
둘째는 1/3인 6마리를
셋째는 1/9인 2마리를

원래 배당받은 낙타보다 더 많아 모두들 좋아했으나.
이상하게도 한마리가 남았다.

그런데 노인은 잠시 빌려 준 것이라며
그 한 마리를 가지고 가버렸다.

선지자는 모두가 행복해 질수 있는 길을 제시한 것이다.

조물주 위에 건물주

정부에서는 25번이나 부동산 대책을 발표했으나,
아파트 값은 계속 오르고 있다.

왜 그럴까?

부자는 망해도 3년은 간다.

강남 불패

아파트를 사려면

엄마야 누나야 강변 살자! 뜰에는 반짝이는 금모래 빛!
한강 주변이 노른자위가 될 것이다.

기찻길 옆 오막살이 기차소리 요란해도 아기는 잘도 잔다.
역세권이 대세다.

두껍아! 두껍아! 헌 집 줄게 새집 다오!
주택 청약이 안 되면, 오래 된 집을 사서라도 재개발하라.

곰 세 마리가 한 집에 있어!

방 3개는 있어야 재산이라고 할 수 있다.

아빠 곰은 뚱뚱해!
30평 정도는 되어야 재 값을 받는다.

깊은 산속 옹달샘 누가 와서 먹나요?
개발제한구역을 구입하면 손해 보는 일은 없다.

동구 밖 과수원 길
번화가에서 떨어진 땅이 싸고 투자수익도 좋다.

윤희영의 뉴 잉글리쉬에서
부동산은 블랙홀인가?

중국의 형다 집단은 전 세계 경제를 들었다 났다하고
한국의 대장동 화천대유는 대선 정가를 흔들고 있다.

LH 직원들이 계발예정지 땅을 샀다고 압수수색하는 등 난리다.
그들을 처벌하려면 정보 유출의 증거를 찾아야 한다.
장담을 하건데 태산동명 서일필(泰山動鳴 鼠一匹)이 될 것이다.

우리나라만이 아니다. 세계 도처에서 부동산이 오르고 있다.
부동산 대책은 규제 대신, 시장 원리에 맡기는 게 순리다.
땅을 사려면 서둘러 사라! 그러나 결혼은 천천히 하라!
땅값은 오르지만 마누라는 늙기 마련이다.

탈무드에서

걱정 없는 세상 어디 없소?

하늘이 무너져도 하는 몫일 터. 왜 걱정 하느냐?

백년을 살지 못하면서 천년을 걱정한다고?
어느 짐승이 죽은 후의 일을 걱정하느냐?
살아 있어도 걱정 하나를 해결 못 하면서 죽은 후의 일을 걱정한다고?
그래서 죽었지!

걱정은 90% 이상이 일어나지 않는다.

걱정을 달고 사는 그대여!
걱정할 거라면 두 가지만 하라!

아픈 겨? 안 아픈 겨?
안 아프면 걱정하지 말고 아프면 두 가지만 걱정해라.

낫는 병인 겨? 안 낫는 병인 겨?
낫는 병이면 걱정하지 말고, 안 낫는 병이면 두 가지 만 걱정해라!

죽을 병인겨? 안 죽을 병인겨?
안 죽을병이라면 걱정하지 말고, 죽을병이면 두 가지만 걱정해라!

천국에 갈 거? 지옥에 갈 거?

천국에 갈 거라면 걱정하지 말고, 지옥에 갈 거라면 걱정해라!

잠깐만! 지옥 갈 사람이 무슨 걱정을?
걱정을 미리하면 지레 죽는다.

이루어질 일은 걱정하지 않아도 이루어진다.
걱정한다고 해서 걱정이 없어진다면 세상을 걱정으로 가득찰 것이다.

햇볕이 나면 우산장사 큰 아들 걱정
장마가 지면 양산장사 작은아들 걱정

비가 오면 청개구리는 냇가에 어머니 묘를 쓴 것을 걱정하며 개골개골
울어댄다.

하늘이 무너져도 하늘 몫이다.
 살다보면 무슨 수가 난다! 그러니 걱정하지를 마라.

YouTube, Cougar vs Bear Cub

인간의 수명

낙양성 십리 허에 높고 낮은 저 무덤에 영웅호걸이 몇몇이며,
절대 가인이 누구더냐?

담배는 피웠으나,
술은 마시지 않았던
린바오[林彪].
63세 사망

술은 마셨으나,
담배는 피우지 않았던
주은래[周恩来].
73세 사망

술도 마시고,
담배도 피웠던
모택동[毛泽东].
83세 사망

인물 좋고 권력 있고 돈도 많고, 그런데 왜 죽어

술도 마시고,
담배도 피우고,
마작도 즐겼던
등소평[邓小平].
93세 사망

술도 마시고,
담배도 피우고
도박도 즐기고,
첩도 많았던
장학량[张学良].
103세 사망

술도 안마시고,
담배도 안 피우고,
마작도 안하고,
첩도 두지 않고,
좋은 일만 한
레이펑[雷锋].
23세 사망

수명은 음주 흡연 방종 심지어 선행과도 관계가 없다.

인간의 수명

역사상 가장 장수한 사람은 122살까지 산 프랑스 잔느 칼멩 할머니이다. 자신의 손자보다도 무려 34년이나 오래 살았다고 한다. 100살에 자전거를 타기도 했다.

아이다호 대학 동물학자인 스티븐 오스테드 교수

2150년에는 150살까지 사는 사람도 나올 것이다.
노화의 주범인 유해 산소에 의한 세포의 손상을 막을 수 있게 되기 때문이다.

시카고 대학 전염병학자인 제이 올쉔스키 교수

2150년에 130살 이상 사는 사람은 없을 것이다.
인공 장기로 신체를 교체하더라도 다른 곳이 노화되어, 130살까지 살기는 어렵다.

포유류 수명은 신체 성장기의 5~6배이다. 이점을 감안하면 인간의 수명은 120세 정도가 한계다.

의학 발전으로 인간의 수명은 획기적으로 늘어났지만 최대 수명은 거의 늘어나지 않았다.

로마 시대에는 22세에 불과했다.

1900년경 미국인의 수명은 47세 정도였다. 80세가 되기 전에 절반이 사망하고 100살이 되기 전에 99% 사망하고 115살까지 사는 사람은 거의 없었다.

1930년 한국인의 평균 수명은 남자 32.4세, 여자 35.1세, 1999년에는 남자 71.1세, 여자 79.2세

1999년 한국인의 기대수명은 75세, 70여 년 만에 41년 늘어난 것이다.

고사(古事)

동방삭은 자신의 수명이 궁금해서 염라대왕의 명부(冥簿)를 뒤져보니 자신은 고작 일갑자(一甲子)밖에 못 산다고 기록되어 있었다.

그래서 삼천갑자로 고쳐놓았다.

삼천갑자는 60갑자가 3천 번이니 18만 년이다.

염라대왕은 이런 사실을 보고 받고 불호령을 내렸다.

대왕의 명을 받은 저승사자가 동방삭을 잡으려고, 나무꾼으로 변장하여, 하천에서 숯을 씻고 있었다.

"왜 숯을 강물에 빠는 거요?"

"숯이 검어서 희게 하려고 합니다."

그 말을 들은 동방삭은 "내가 삼천갑자 동안 살아봤지만, 숯을 강물에 빠는 놈은 처음 보네! 이래서 들통이 났다.

저승사자가 숯을 빤 곳은 탄천(炭川)이다.

어느 분의 글에서
Youtube, 정동원 보릿고개

1. 다리가 굵은 여자가 발을 물에 담그면? 동치미

2. 대머리의 얼굴 경계선은 어디일까? 세수할 때 비누칠하는 곳

3. 오른 손으로는 들어도 왼손으로는 들 수 없는 것은? 왼손

4. 실패하면 살고, 성공하면 죽는 것은? 자살

5. 세종대왕의 새 직업은? 조폐공사 전속모델

6. 아무리 빨리 달려도 앞서가지 못하는 것은? 도망친 년

7. 많이 맞을수록 좋은 것은? 시험문제

8. 선풍기를 틀어놓고 자다가 죽은 사람은? 바람과 함께 사라지다.

9. 배가 나온 거지를 다른 말로 하면? 풍요 속의 빈곤

10. 눈 깜작할 사이에 돈 버는 사람은? 사진사

11 하늘에서 우박이 내리면? 골 때린다.

12. 여자 없이 못 사는 남자는? 산부인과 의사

발상전환의 허와 실

Copernican Revolution

지구를 중심으로 태양이 돈다는 학설에 대해서. 코페르니쿠스는 태양의 궤적을 따라 지구가 돈다고 했다. 지금에 와서 지동설을 의심하는 사람은 아무도 없다.

옥스퍼드 대학에서 출제한 문제

물을 포도주로 바꾼 예수님의 기적에 대해 논하라!

물이 주인을 만나 얼굴을 붉히더라! 낭만 시인 바이런의 답이었다.

얼음이 녹으면 물이 되는데. '봄이 온다고?' 한 소녀의 답이었다.

하늘에서 물건이 떨어지면

프랑스 사람들은 눈으로 자세히 살펴보고, 독일 사람들은 귀에 대고 흔들어봅니다.

프랑스의 시각문화와 독일의 청각문화 차이입니다.

뛰고 나서 생각을 한다는 스페인 사람은 어떻게 할까요.

우선 발로 깨서 속을 봅니다.

의회 민주주의의 창시자 영국은?

집에 가져가서 가족들의 의견을 들어보고 결정합니다.

군자(君子)의 나라 중국

괴춤에 숨겨놓고 뭔지 알 때까지 기다립니다.

자! 문제는 일본 사람입니다

10분의 1로 줄여서 손에 올려놓고 '나루호도(아, 그렇구나!)' 하며 무릎을 칩니다.

축소지향적인 일본 문화를 비꼰 것입니다.

현명한 화원

왕은 애꾸눈에 외다리에다가 난쟁이였습니다.

첫 번째 화원

왕을 다리 둘에 두 눈에 보통 신장인 정상인으로 그렸습니다.
우롱 당한 느낌이 들은 왕은 화원의 목을 베어버렸습니다.

두 번째 화원

왕을 있는 모습 그대로 그렸습니다.
애꾸눈에 다리 하나에 키는 왜소하게 그린 것입니다.

그러자 절망이 분노로 변한 왕은 화가를 장님으로 만들어버렸습니다.

세 번째 화원

왕이 말을 타고 사냥하는 모습을 그렸습니다.
다리 하나는 말의 반대편에 두어 다리가 보이지 않게 했습니다.
총을 겨냥 할 때 한쪽 눈을 감으니 총신을 뺨에 붙여 애꾸라는 것을 모르게 난쟁이라고 생각하지 않게, 등을 굽힌 기수로 그렸습니다.

그러니 그림속의 왕은 정상적으로 보였습니다.
왕은 상으로 화원에게 황소 세 마리를 주었습니다.

이혼법정에서

부인이 핏대를 세우고, 내 배 속에서 나온 아이이니 내 아이야!

남편은 어이가 없는지, 헛소리 하네! 현금 인출기에서 나온 돈은 현금인

출기 것이겠네? 카드를 끼우는 사람 거잖아!

그러자 부인은, 만일 나온 돈이 위폐라면 당신이 갖겠어?

작두 샘의 마중물

펌프 위에 물을 약간 남겨놓으면, 아래 물이 따라 올라옵니다. 이것이 마중물입니다.

면접시험에서

강철 왕 카네기는 직원을 채용할 때 포장한 물건을 푸는 문제를 냈습니다.

포장 끈을 꼼꼼하게 푼 사람은 불합격을 주고, 주머니칼로 단번에 잘라 버린 사람은 합격시켰습니다.

지식보다 사고의 유연성을 테스트한 것입니다.

항아리에 빠진 어린이

항아리를 깨뜨려 물을 쏟아야 합니다.

머리칼이 없는 중을 상대로 참빗을 팔 수 있을까?

머리를 긁는 용도로 한 개를 팔았습니다.

빗을 문에 걸어두고 단정하게 빗게 해 예불을 드리도록 하여 세 개를 팔았습니다.

빗에 적선(積善)이라는 글자를 새겨, 신자들에게 주었습니다. 그렇게 해서 1,000개를 팔았습니다.

존경하고픈 의사

어떤 병이라도 단돈 100만원에 고쳐드립니다.
실패하면 1,000만원을 배상합니다.

돈을 쉽게 벌수 있다는 생각에,
환자, 미각을 잃어버렸어요.
의사, 이분 혀에 22번 약을 떨어뜨리세요!
환자, 웨~엑" 고추기름이잖아!
의사, 축하드립니다! 미각이 다시 돌아오셨네요!
백만 원 청구합니다.

변장을 하고,
환자, 기억력을 잃어버렸어요.
의사, 22번 약을 혓바닥에 떨어뜨리세요!
환자, 또 22번이요. 고추기름?
의사, 축하합니다! 기억력이 되돌아왔네요!
백만 원 청구합니다.

장님 행세를 하며,
환자, 시력이 약해져서 잘 보이질 않아요.
의사, 적당한 약이 없어 못 고칩니다. 그래서 천만 원을 배상했다.
환자, 잠시 만요! 이건 천 원짜리잖아요!
의사, 축하합니다! 다시 시력이 돌아왔네요!
치료비 백만 원 청구합니다.

시인 박목월(朴木月)

중년이 되었을 무렵인, 6. 25 전쟁이 끝나날 때쯤에서, 제자인 여대생과 사랑에 빠졌다.

그래서 교수 자리도 버리고 사랑하는 여인과 종적을 감췄다.

중년이 된 시인이자 서울대 교수와 19세 여성인 제자와의 세기적인 로맨스는 남인수 저리가라 할 정도로 세간의 화제였다.

남인수는 당구 실력 500에 만능 운동선수였다.

애수의 소야곡 같은 히트곡도 수두룩해서, 유한마담이나 여대생과의 염문이 끊이질 않았다.

시인의 아내

어언 10년이 지났다. 남편이 제주도에서 살고 있다는 풍문을 어렴풋이 들은 부인은, 한달음에 제주로 달려갔다.

초라한 여인이 개울가에서 빨래를 하고 있었다. 한 눈에 봐도 옛날 제자였다.

여인은 가난하게 살아온 흔적들이 덕지덕지 붙어있었다. 그래서 털스웨터를 입혀주고 돈 봉투도 쥐어주었다.

밤마다 남편 걱정에 잠 못 이룬 부인은, 행복을 빌어주고 미련 없이 떠나야겠다고 작정했다.

부인을 본 남편은 목이 메었다. 그래서 불나비 같은 사랑은 끝내기로 하고. 떠나기 전날 정인에게 시를 지어 주었다.

구름 나그네

기러기 울어 예는 하늘 구만리
바람이 싸늘 불어 가을은 깊었네
아-아 너도 가고 나도 가야지

한 낮이 끝나면 밤이 오듯이
우리의 사랑도 날이 저물어
아-아 너도 가고 나도 가야지

산천에 눈이 쌓인 어느 날 밤에
촛불을 밝혀 두고 홀로 울리라
아- 아 너도 가고 나도 가야지

고향의 봄과 오빠 생각

이원수 고향의 봄

나의 살던 고향은 꽃피는 산골
복숭아꽃 살구꽃 아기 진달래
울긋불긋 꽃 대궐 차린 동네
그 속에서 놀던 때가 그립습니다.

꽃동네 새 동네 나의 옛 고향
파란 들 남쪽에서 바람이 불면
냇가의 수양버들 춤추는 동네
그 속에서 놀던 때가 그립습니다.

12세 소녀 최순애는 "오빠생각"으로 방정환 선생의 '어린이' 잡지 동시 공모전에 당선했습니다.

이듬해 14세 소년 이원수도 "고향의 봄"으로 방정환 선생의 '어린이' 잡지 동시 공모전에 당선했습니다.

시가 인연이 되어 최순애와 이원수는 펜팔을 맺었습니다.
둘은 편지는 주고받아도 만나지 않고 성인이 될 때까지 참고 기다리기로 했습니다. 그리고 편지를 처음 보낸 날로부터 7년이 되는 바로 그날, 수원역에서 만나기로 했습니다.

그런데 이원수가 나오지 않았습니다. 사상이 불온하다는 이유로 옥살이를 한 것입니다. 뒤에 안 사실입니다만 둘은 얼굴도 모르고 결혼을 약속했다고 합니다.

그러니 최순애 집에서는 난리가 났습니다. 못마땅한지 다른 혼처를 알아보는데 그때마다 최순애는 완강히 거부했다고 합니다.

이원수는 일 년 형기를 마치고 출소하여, 결혼식을 올렸습니다. 슬하에 3남 3녀를 두고 행복하게 살았다고 합니다.

철부지인가 순애보인가?

오빠 생각과 고향의 봄의 만남이라고 할까요. 요즘 세상에 보기 드문 순애보입니다.

오빠 생각 최순애

뜸북 뜸북 뜸북새
논에서 울고
뻐꾹 뻐꾹 뻐꾹새
숲에서 울 제
우리오빠 말 타고 서울 가시며
비단구두 사가지고 오신다더니

기럭 기럭 기러기

북에서 오고
귀똘 귀똘 귀뚜라미
슬피 울건만
서울 가신 오빠는 소식도 없고
나뭇잎만 우수수 떨어집니다,

YouTube 고향 생각 ▮

꼭 필요한 친구

1.쓴 소리도 마다하지 않는 허심탄회한 친구

2.나의 변신을 유혹하는 날라리 친구

3.여행하기 좋은 먼 곳에 사는 친구

4.에너지를 충전시켜주는 애인 같은 친구

5.어떤 상황에서도 내 편에 서주는 친구

6.언제라도 불러낼 수 있는 술친구, 수다친구

7.아무런 간섭이 없는 자유로운 영혼을 가진 친구

8.부담 없이 돈을 빌려주는 부자 같은 친구

9.추억을 많이 공유한 오래된 김치 같은 친구

10.연예 감정이 안 생기는 속 깊은 이성 친구

화가 이중섭의 천도(天桃) 복숭아

초토(焦土)의 시(詩)로 유명한 시인 구상과 황소 그림으로 유명한 화가 이중섭은 오랫동안 우정을 나누는 친구사이였다.

어느 날, 구상이 폐결핵으로 당시 의술로는 어렵다는 대 수술을 받았다.

몸은 의사가 고쳐주겠지만 마음은 누가 고쳐줄까?

그래서 구상은 절친한 친구 이중섭이 찾아와 주기를 바랐으나, 평소에 교류가 적었던 지인들도 병문안을 오는데 정작 이중섭은 오지 않았다.

섭섭한 마음도 들었지만. 이중섭에게 무슨 변고라도 생긴 것은 아닌지,

코가 석 자인데, 친구 걱정을 하다니

뒤늦게 이중섭이 찾아왔다.

심술이 난 구상은 반가운 마음을 감추고 짐짓 부아가 난 것처럼

어떻게 이럴 수 있나?

누구보다 제일 먼저 달려올 줄 알았는데. 얼마나 기다렸는지 아는가?

빈손으로 올 수가 없어서, 정말 미안하게 됐네!

이중섭이 내민 보자기에는 천도(天桃) 복숭아 그림이 들어 있었다.

어른들 말씀이 천도복숭아를 먹으면 무병장수(無病長壽)한다고 하지 않던가. 그러니 자네도 이걸 먹고 어서 일어나시게!

구상은 한동안 말을 잊었다.

과일 하나 사 올 수 없었던 가난한 친구가 그림을 그려 오느라 늦게 왔다고 생각하니 마음이 아팠다.

구상은 세상을 떠날 때까지 천도복숭아 그림을 서재에 걸어두었다고 한다.

이것이 바로 우리 모두가 갈구하는 우정이 아닐까?

말은 진중(鎭重)하게

음식을 절제하면 다이어트가 되고. 글을 절제하면 시가 됩니다.
그러나 말을 절제하면 인격의 향기는 모락모락 나오고 여운은 오래갑니다.

말을 배우는 데는 2년이 걸리지만
침묵을 배우는 데는 60년이 걸린다고 합니다.

곰은 쓸개 때문에 죽고
사람은 혀 때문에 죽는다.

친구에게서 언짢은 말을 들은 아들이 씩씩거리면서 핸드폰을 들었습니다.

참아야 하는데

얘야! 남의 이야기를 하려면 그 친구가 옆에 있다 생각해야지!
그런데 하려는 이야기는 사실이냐?

그 친구도 전해들은 이야기일 겁니다.

좋은 이야기냐?

오히려 그 반대일 걸요.

네게 필요한 이야기냐?

아닙니다.

내용도 모르고, 좋은 이야기도 아니고, 안 들어도 된다면, 그만 잊어버려라!

버럭 화부터 내면 하수
참아도 안 될 때 화를 내면 중간 정도
필요할 때 의도적으로 화를 내면 상수

말을 잘하는 것 보다, 잘 말하는 것이 중요합니다. 잘 듣는 것도 중요합니다.
험담은 세 사람에게 상처를 줍니다.

욕을 먹는 사람
욕을 듣는 사람
험담을 한 자신

못 마땅한 말을 들으면 상대방에게 글을 써서 한 동안 가지고 있다가, 감
정이 수그러들 때, 보낼 것인가 버릴 것인가를 결정합니다.

제갈량 부인은 부채를 권했습니다.

화나는 일이 있으면 표정에 나타납니다.
그래서 표정을 숨기려면 부채로 가리세요.
품격의 품(品)은 입 구(口)자 셋으로 만들어집니다.
말은 품격을 재는 잣대입니다.

화살은 심장을 관통하고 말은 영혼을 관통한다. 스페인 격언

딱 걸렸네.

어디서 많이 뵌 거 같아요. 라는 말은, 친해지고 싶어요.

나중에 연락할게 라는 말은, 기다리지 마세요.

잘 있어! 라는 말은, 붙잡아주기 바라오.

괜찮은 사람이야! 라는 말은, 다른 건 별로 야!

필름이 끊겼나봐 라는 말은, 창피하니 그 얘긴 그만 두자.

궁금하세요? 라는 말은, 대답하고 싶지 않아!

잘 지내니? 라는 말은, 보고 싶었다.

좋아 보이네! 라는 말은 나는 행복하지 않아!

뭐 하고 지내? 라는 말은, 아무 것도 안하고 있어

좋은 사람 만났니? 라는 말은, 나는 너밖에 없어!

행복해라! 라는 말은, 다시 내게로 돌아와 주어!

가끔 생각이 나면 연락해! 라는 말은, 전화 기다릴게

웃으면 복이 와요.

사랑하던 신부 말이 죽자, 낙담한 신랑 말

"할 말이 없네"

친구들이 위로한다면서 고작

"해줄 말이 없네!"

껌 씹고 놀던 암말이 변강쇠 말을 만나

"다른 말은 필요 없네!"

발정 난 암말이 조랑말도 좋다며

"긴 말이 필요 없다니까!"

외박하고 아침에 돌아와 할 말이 없자

"무슨 말 부터 해야 할지!"

바람을 피우다 들켜 빼도 박도 못한 처지인데

"그래도 할 말은 해야지!

왕이 처음 랍비에게 "세상에서 '가장 나쁜 것'을 찾아오라고"하고,

다른 랍비에게는 "세상에서 '가장 좋은 것'을 가져오라" 했습니다.

공교롭게도 두 사람이 가지고 온 것은 '혀'였습니다.

대구 팔공산 동화사, 불교용품 저장고에 있는 '입을 도끼로 막은' 조각이
있습니다.

횡보(横步) 염상섭(1897~1963)

조선일보 편집국장으로 취임했는데, 기자들은 새파랗게 젊은 문사(文士)가 무엇을 알겠냐며 그를 상사로 인정하지 않았습니다.

그도 괄괄한 성격인지라 사흘 만에 사표를 던지고. 문단에 화제가 된 '표본실의 청개구리'를 발표해서 문단에 이름을 알렸습니다.

그의 주벽은 유별났습니다. 취하지 않고 집에 돌아오는 법이 없습니다.

서라벌 예대의 학장 시절에는 강의 한 달 만에 종강을 선언했습니다. 술이 마시고 싶어서였습니다.

술 마시면 걸음걸이가 갈 지자여서, 그를 횡보(横步)라고 불렀습니다.

갈지자 인생

사람 인 人 자로
위만 보고 사는 것 보다
새을 乙 자로
옆을 보고 사는 것이
한결 편한 것을

일진광풍 찬바람에
갈지 之 자로
비틀 거리고 사는 인생
왜 그렇게 살았을까

근심 걱정 그만 내려놓고
쉬엄쉬엄 사는 것이
이렇게 편할 줄이야

오늘은 하얀 백조 되어
새을 乙 자로 날개 접고
물 위에 걸터앉아
오수나 즐길거나.

모자를 써야 횡보입니다. 그러나 모자는 머리통에 오래 붙어있지 않았습니다.

머리가 쓸쓸해 보인다며 마네킹에게 벗어주고,

머리가 벗겨졌다고 자나가는 스님에게 씌워주고,

자기보다 잘 어울린다고 행상 할멈에게 벗어주고

햇볕에 탄다고 허수아비에게 벗어주고,

밖이 춥다고 거지에게 벗어주고,

맨홀에 빠져 잃어버린 모자가 10개가 넘습니다.

모자를 안 쓰면 내 영감이 아니지! 부인은 모자를 사러 남대문 시장에 갑니다.

하루는 횡보가 술에 취해 파고다 공원에서 쓰러져 자는데, 일어나 보니 내복 차림이었습니다. 누가 옷을 벗겨 간 것입니다.

청계천 수표교 아래서 사는 도둑이, 올라오는 한기를 막으려고 양복을 담요처럼 깔고 있었습니다. 마누라가 좀도리 쌀 3년을 모아 장만한 양복인데,

여보! 이 조끼를 당신 양복 속에 입어 봐요!

평생을 셋방에 살며 남긴 '삼대' '만세전' '취우' 같은 소설은 한국 문학의 기초가 되었습니다.

광화문은 서울에서 태어나 서울에서 죽은 염상섭에게 삶과 문학의 터전이었습니다.

횡보(橫步)라는 아호(雅號)와 같이 무교동에서 한 잔 걸치고, 자신의 동상이 선 자리를 갈지자로 걸었을 것입니다.

한잔 술에 세상을 휘젓고 다니던 횡보(橫步), 우리들은 오랫동안 앞서 간 문인들의 자취를 만나지 못했습니다.

늦게나마 광화문에 돌아온 염상섭 동상이 반가웠습니다.

고달픈 인생

오죽하면 태어날 때
울기부터 했을까

양껏 벌어도 먹는 건 세끼요
기껏 살아도 백년

못 산다고 슬퍼말고
못났다고 비관마라

재물이 늘어나면
근심도 늘어나고
지위가 높아지면
외로움도 더하고

부자 중에 제일은
마음편한 부자요
자리 중에 제일은
마음비운 자리다

하늘이 무너질 걱정도
하늘의 몫이지
사람의 몫이 아니다.

사람이 사람인 이상
비운다 한들
다 비울 수 있을까 만은

어느 날 분수에 넘치는
욕심이 일거들랑
위에서 아래로 흐르는
물처럼 이치에 맞게
거스르지 말 것이며

어느 순간에 미움이
증오로 분노가 일거든
얼음이 녹아 물이 되듯
언 가슴을
용서로 흘려보낼 일

둥글면 둥근 대로
모나면 모난 대로
제 모습을 그릇에 맞추는
물처럼 사는 사람은
세상을 탓하지 않다네,

각박한 세상에서
순수하고 정직하게
사는 사람은
도리에 어긋남이 없고
노릇에 부족함이 없다오.

물이 그릇을 탓하랴?

여류시인 이채 (1961~ 61세)

144

베르나르 베르베르
(Bernard Werber, 1961 프랑스 소설가)

2008년 기발한 상상력과 독특한 소재로 프랑스 문단을 휘젓고 다니던 그가, 자신의 베스트셀러 개미 출판기념회에 참석차 한국에 왔다.

그는 한국인의 생활상을 알아보기 위해 민박을 하면서, 한옥의 온돌문화에 빠져, 따끈한 아랫목에 비스듬히 누워있기를 좋아했다.

사람들은 선생을 개미 전문가라고 합니다. 그런데 선생의 글에는 왜 이런 사실을 언급 하시지 않습니까?

개미나 벌은 배우자도 없이 평생 일만 하다 죽습니다. 세상천지에 이런 법이 어디 있습니까?

개미나 관찰하면서 살아가는 내가 어찌 압니까? 실은 나도 궁금했는데, 한 유학생이 보여준 영국 신사라는 분의 시를 읽어보고 알았습니다.

윤회하는 인연

땅에 꽉 찬 생명
모두가 부모님을
그리워하다

그리움만 남긴 체
부모 되어 떠납니다.

좀 있으면 우리 보고
그리워 할 테니
눈물 젖은 벗이여
그립다고
서러워 마세요.

동양권에서 전생에 진 빚은 윤회를 거듭하면서 갚는다고 합니다.

서양은 현실을 중시하기 때문에. 인연이나 윤회는 믿지 않은 경향입니다. 그렇지만 내가 터득한 진리는 바로 '윤회'였습니다.

2세 때는 똥오줌 가리는 게 자랑거리

3세 때는 치아가 나는 게 자랑거리

12세 때는 친구가 생기는 게 자랑거리

18세 때는 자동차를 운전할 수 있다는 게 자랑거리

20세 때는 사랑할 수 있다는 게 자랑거리

35세 때는 돈 많 많이 버는 게 자랑거리

이제 되돌아갈 때가 되었습니다.

60세 때는 사랑할 수 있다는 게 자랑거리

70세 때는 자동차 운전할 수 있다는 게 자랑거리

75세 때는 친구들이 남아 있다는 게 자랑거리

80세 때는 치아가 남아 있다는 게 자랑거리

85세 때는 똥오줌을 가릴 수 있다는 게 자랑거리

홍시여! 잊지 말게나! 자네도 어렸을 적에 무척 떫었다는 것을!

맹모삼천지교

우유가 두뇌 발달에 좋다고 합니다.

한 학부형이 여태 먹이던 드라이 밀크 대신
아인슈타인 우유를 먹였습니다.
그런데 친구 아들이 어렵다는 서울대에 합격했다니
셈이 나서 서울 우유로 바꿨습니다.

학교 성적을 보니 불안했습니다.
그래서 한 단계 낮춰 연세 우유로 바꿨습니다.

게임에 빠져있는 자식에게 건국대학이라도 가라고
건국 우유로 바꿨습니다.
그래도 실력이 모자란지라 지방대라도 가라고
저지방 우유로 바꿨습니다.

학원에 보내도 성적이 그 모양이자,
재수라도 시켜보려고 3. 4 우유로 바꿨습니다.

그런데 학교는 가지 않고 뺑뺑이를 칩니다.
그러니 수업만은 빠지지 말라고 매일우유로 바꿨습니다.

진학을 포기하고 군대에 보냈는데.
군 생활이 힘들 때는 웃어넘기는 게 상책이라고
빙그레 우유로 바꿨다.

인생은 짧고 굵게 사는 것입니다.
똥이라도 굵게 싸라고 바나나 우유로 바꿨습니다.

안경(眼鏡) glass

조선시대에는 안경을 애체(靉靆)라고 했습니다. 안자와 경자 모두 '구름이 끼다'입니다.

시력이 나빠지면 마치 구름이 낀 듯 흐릿하게 보입니다,

이름이 참으로 절묘합니다.

나이가 들면 원시가 되는 것은. 멀리 보라는 자연의 섭리입니다.

주유소에서

손님! 다 넣었습니다.

유리도 닦아주시게.

예!

닦았다는 게 이 모양이야?

죄송합니다. 다시 닦겠습니다.

그때 부인이 남편의 안경을 벗기고 손수건으로 깨끗이 닦아주었습니다.

그러자 차 앞 유리가 잘 보였습니다.

제인 오스틴 '오만과 편견'에서

눈깔 잃어버린 놈이 어떻게 운전을 해! 전조등이 나간 줄 모르고 운전하는 대리기사에게

미움의 안경을 쓰면

똑똑한 사람은 잘난 사람으로 보이고

착한 사람은 어수룩한 사람으로 보이고

얌전한 사람은 소극적인 사람으로 보이고

활력 있는 사람은 까부는 사람으로 보이고

웃는 사람은 실없는 사람으로 보이고

예의 바른 사람은 얄미운 사람으로 보이고

듬직한 사람은 미련하게 보이고

사랑의 안경을 쓰면

잘난 사람은 똑똑해 보이고

어수룩한 사람은 착해 보이고

소극적인 사람은 얌전해 보이고

까부는 사람은 활기 있어 보이고

실없는 사람은 밝아 보이고

얄미운 사람은 싹싹해 보이고

미련한 사람은 든든하게 보이고

사람들은 자신의 안경에 맞게 생각합니다.

1. 친구 따라 가는 강남역

2. 가장 싸게 지은 일원역

3. 숙녀가 좋아하는 신사역

4. 불장난하다 사고 방화역

5. 서울에서 가장 긴 길음역

6. 이산가족이 만난 상봉역

7. 여자 승객은 공짜 남성역

8. 구정물이 흐르는 압구정역

9. 아차! 그만 까먹었어! 아차산역

10. 다리가 저려오는 오금역

11. 소통이 중요하지 암만! 대화역

12. 뭐든지 다 들어주는 수락역

13. 아나운서 숨넘어가는 중계역

14. 엄마야! 엄마야! 미아역

15. 양치기 목동역

16. 새벽에 가장 붐비는 약수역

17. 냉수보다 한결 나은 온수역

18. 학교도 쉬는 방학역

19. 범인 취급하는 수색역

20. 바둑 배우기 전에 오목교역

21. 공자 왈 맹자 왈 학당 군자역

22. 젖먹이 놀이터 수유역

23. 영화감독이 기대하는 개봉역

24. 이마에 물 찍는 성당 성수역

오빠 한번 믿어봐!

청담동에 있는 5층 건물은 저 세상으로 떠난 남편에게서 물려받은 것이
라며, 뻐기고 다니는 젊은 여자가 있었다.
자랑할 것은 돈 밖에 없다며, 금붙이로 치렁치렁 치장한 이 여인의 성은
송 씨, 별명은 공주. 어렸을 적부터 그렇게 불렀다.

할아버지께서 "너는 전생에 송나라 공주였느니라." 하신 말씀을 듣고 자
랐다. 그래서 의례히 공주 대접 해 주기를 바라며 공주 짓만 했다.

치맛바람이 시들해진 청담동 아줌마들이 계를 조직했는데
곗돈 타는 사람은 저녁 식사며 2차로 노래방 까지 책임을 진다.

말죽거리 아줌마가 무료했던지 "중국여행이 어때?"

집에 남편을 놔두고 가면 바람 날 것이 뻔해, 부부동반하기로 뜻을 모았다.

지금도 피임약을 먹는다고 웃기고 다니는 50대 압구정동 아줌마가, "송
가네 과수댁을 힐끗 쳐다보더니 오빠도 무방하지 않겠어?"

그러자 강남 아줌마가, "진리는 옆에 놔두고 어디서 찾아? 당신 건물에서
부동산을 하는 늦 총각 김 사장 있쟎아!"

전에는 거간꾼이라고 했는데, 말로 먹고 사는 부동산은 뭔가 달랐다.

일행이 중국 관광에 나섰는데

천안문 보초병에게, "짱깨야! 네놈 생김새가 꼭 돼지 같구나! 그리고 웃으면서 하이! 하우 와 유!"

그러자 "쌩큐 써!"

만리장성 문화유적 해설하는 아가씨에게, "지지배야! 나랑 연애할까?" 그리고 윙크하면서 "굿 모닝",

그러자 "띵 호와!"

장가계 인력거꾼에게

"네 놈들은 무식해서 호란(胡亂)이라는 걸 모를 거야! 뙤놈을 보면 치가 떨린다. 이것이 내가 가마를 탄 이유다." 그러면서 "이랴! 낄낄!"

일행이 장가계를 둘러보고 항주에서 잠시 쉬고 있는데, 갑자기 송가네 과수댁이 항주에서 머무르게 해달라면서, 가이드에게 일정 변경을 요구했다.

송나라를 창건한 시조 어른에게 인사드리고 술 한 잔 올리는 것이 할아버지의 평생소원이어 옛날 수도인 항주에 왔는데,
막무가내로 송가네는 떼를 쓰면서 자리에 누어버렸다.
빡빡한 스케줄이라 난감한 일

아는 채를 좀 해야 쓰겠다.

항주는 송나라 수도였다,

원의 침공으로 북송과 남송으로 갈라졌으나. 당나라 못지않게 찬란한 문화를 가진 나라였다.

송(宋)이라는 성씨는 중국이 본관이다. 당(唐)나라 때 호부상서(戶部尙書)를 지낸 송주은(宋柱殷)이 조선 송 씨 시조다.

모두들 복덕방 김 사장만 쳐다보았다.

김 사장이 뜸을 드리다가 과수댁을 일으켜 안고 옆방으로 들어갔다.

귓속말로 소곤대는 것을 들어보니

'임자! 창피한 줄이나 아세요. 남이 들을까 무섭소이다."

당나라를 세운 태종은 당가가 아니라 이세민입니다.

조선을 건국한 시조는 조가가 아닙니다. 이성계요.

고가가 고려를 세웠다면 소가 웃을 일입니다.

지금껏 임자가 알고 있는 송나라는 송가가 아닌 다른 성씨가 만든 것이요.

하마터면 생판 모르는 사람에게 술 올리고 절 할 뻔 했소이다 그려!

다음 일은 나에게 맡기시고, 자! 일단 나갑시다.

여러분! 내가 송가네를 데리고 송나라 시조를 모신 사당을 들러보고, 두어 식경 안에 돌아올 것입니다. 일정은 예정 데로 진행하시지요.

여러분의 고마우신 배려에 보답 하고자, 송 여사께서 베이징 덕으로 한턱 쏜다고 합니다.

복덕방 김 사장은 '오빠 믿지! 하며 송가네를 어디론가 데리고 나갔다.

아무도 알아보는 사람이 없으니 누가 알겠나? 보나 마나 비디오다.

여기서도 박현진의 노래 '오빠 한번 믿어봐' 가 들렸다.

나는 죄인입니다.

종군 위안부가 아닙니다. 갈보도 아닙니다. 일본군의 오물을 받아주는 하수구와 같은 것입니다.

일본군 병참품목에 '여성은 제 5종 보급품'이라고 명시되어있습니다.

초점 잃은 소녀상

제가 길거리에 나온 것은 늦게나마 어린 시절에 당한 고통을 알리려는 것입니다.

부끄럽게 살아야만 했던 일본군 성노예들의 아픈 역사를 증언하고자 한 것입니다.

또한 역사의 악순환을 막고 올바른 역사인식을 확립하기 위해서입니다.

위안부 여성들의 어처구니없는 운명에 소녀라는 가식(假飾)적인 형상을 입히자, 예상치 못한 일들이 일어났습니다.

뜯겨진 머리에는 모자가 씌워지고
어깨에는 목도리가 둘러지고
벗겨진 발에는 양말이 신겨지고,

꽃과 촛불 인형들이 주위를 가득 메웠습니다.

소녀상 옆에 의자가 놓여있습니다.

외로워요. 누구든 앉아주세요.

위안부의 고통이 상상 되나요?
위안부의 영혼을 위로해주세요.
다시는 이런 비극이 없게 해주세요.

사람들은 서성이면서 눈가를 훔칠 뿐 의자에 앉지 않았습니다.

자반고등어

뱃속을 소금으로 채운 여자
썩은 송판 위에 누워 있다
얼마나 뒤집었는지
눈알이 빠져버리고 없다

죽은 지 오래된 생선
썩기 전에 팔아야 하는데
얼마나 뒤집었는지
비늘이 벗겨지고 없다

슬픈 위안부의 시랍니다.

어떤 할머니는 배꼽 위에서 아래쪽까지 흉한 상처가 나있었습니다. 임신을 하자, 자궁 째 들어낸 수술 자국입니다.

일본은 전쟁이 끝났을지 모르지만 우리는 아직 끝나지 않았습니다. 바라는 것은 오직 하나, 진정한 사과입니다. 살아 있을 때 사과 받아야 눈을 감을 수 있습니다.

천일야화를 쓴 들 무슨 소용이 있겠습니까? 우리가 부족해서 자초한 일입니다.

다시는 이런 비극이 없어야 합니다.

용서하고 용서 받을 권리는 오로지 피해 당사자에게 있습니다.

세월호 추모 시화전

세월은 전광석화(電光石火) 같다는 말이 실감이 난다, 어언 7년, 세월호 참사는 옛 이야기가 되었다.

사고 뉴스를 접하자. 애들이 눈에 아른거려 잠을 이룰 수가 없었다, 그래서 조금이나마 위로가 되고자 시화전을 열었다.

전시회 안내

정부기관 청사 중앙 홀에서 추모시화전을 열고 있습니다. 5월 23 까지 전시합니다. 다음 전시는 단원고등학교에서 열 계획입니다.

순회전시가 끝나면 작품들은 추모기록물 보관소에 보냅니다.
요즘처럼 슬픈 세월에 메마른 정서를 순화하는데 도움이 되고자, 시화전을 연 것이니 화환은 일체 받지 않겠습니다.

슬픔은 나눌수록 작아지고 위로는 나눌수록 커진다고 합니다. 주위 분들에게도 따뜻한 위로의 말을 전해 주십시오.

이제는 상처를 아무를 때 입니다. 꽃도 보고 새소리 들으며 크게 웃어봅시다.

전지전능하신 신이시여!
간절히 기원하면 언젠가는
이루어 질 것이라고
평생을 믿고 의지했는데

염원이 구름처럼 가득하지만
다 부질없는 일
필연이 있을 뿐 기적은 없었다.
그런데 촛불집회를 연다고?

반골과 역린사이에서

쇠고기 라면을 끓이는 친구여!
광화문에서 만나
손이 발이 되도록 빌어보자.

세월호의 비극의 원인은 두 가지였다.

구멍이 숭숭 뚫린 검붉은 돌

해남군 북평면 이진성은 시끌벅적한 장터였다.
제주도에서 해산물을 실은 배가 오면, 때 맞춰 장이 서고 주막은 손님들로 분주했다.

어떤 집에는 수석처럼 구멍이 숭숭 난 검붉은 돌이 있었다. 제주도에서나 볼 수 있는 둘레석이다.

제주에서 거룻배가 해산물을 실고 오면, 해산물은 가벼우니 기우뚱거리지 말라고, 밑에다가 무거운 돌을 실었다.

돌아갈 때는, 해남에서 물물 교환한 나락을 실어야 하는데, 나락가마니는 무거워, 가져온 돌은 도로 내려놓고 간다.

속이 비면 채우고 속이 차면 내려놓고 이것이 평형수다.
과적을 해서 수평을 잃고 넘어진 것이다.

부러진 화살이여

열일곱 피 끓는 나이
와글댄다고 나무라지만
빨리 빨리 닦달에
뛰기 위해 엎드린 개구리

표범보다 잽싸게
사슴보다 빨리
다람쥐보다 빠르게
기차도 올라타는데

까짓 몇 층 쯤 이야
어린이 놀이터입니다.

어르신 먼저 들쳐 업고
누구 없냐고 삥 둘러보고
맨 나중에 나올 우린데
누가 손발 꼭꼭 묶었습니까?

눈만 말똥말똥 뜨고
허공 만 바라보다가
한번 당겨 보지도 못하고
무참히 부러진 화살이여!

튀지 않고는 못 배길

개구쟁이인데
가만히 있어! 하는 어른 말씀에
순종한 죄 뿐입니다.

이상이 사고 원인이다.

전시회 유감(遺憾)

관객들은 서성이다가 촉촉한 눈길로 돌아보며 천천히 발길을 옮겼습니다.
적막이 있을 뿐, 기침도 소근 대는 소리도 없었습니다.

한숨과 침묵이 고요처럼 흘렀습니다.

세월의 세 자자만 꺼내도 지겹다. 그러니 세월호가 어떻고 하는 놈은 술 사기로 하자. 오죽했으면 세간에 이런 말이 돌아다닐까요.

- 추장보다 높은 사람은? 고추장

- 김밥이 죽으면 가는 곳은? 김밥천국

- 흥부자식 아홉 명을 세 글자로 줄이면? 아이구

- 세상에서 가장 차가운 바다는? 썰렁해

- 세상에서 가장 뜨거운 바다는? 열 받아

- 새로 탄생한 욕설은? 뉴욕

- 비가 자기소개를 하면? 나비야

- 앉아서 절하면? 좌절

- 도둑이 싫어하는 아이스크림은? 누가봐

- 도둑이 싫어하는 과자는? 누네띠네

- 얼음이 죽으면? 다이빙

- 세상에서 가장 빨리 잠드는 사람은? 이미자

- 다리 굵은 여자가 빨간 스타킹을 신으면? 홍당무

- 다리 굵은 여자가 노란 스타킹을 신으면? 단무지

- 파란 집은 블루하우스 그럼 투명한 집은? 비닐하우스

- 엄마가 길을 잃어버리면? 맘마미아

- 아스팔트에 떨어진 동전은? 홍길동전

- 피아노에서 도레미 다음에 미를 친 아이는? 미친 애

인연(因緣)이 있어서 만난 도반(道伴)이여!

같은 날 같은 하늘 아래서 같은 공기를 마시며 같은 길을 가는 그대.

하늘에서 씨앗을 떨어뜨려, 그 씨앗이 바늘에 꽂힐 확률이 인연이라고 합니다.

구름처럼 흔들거리더니, 뜬금없이 내 손목을 잡고 겨울나무가 되어줄 수 있냐고?

그래서 사람 안에 또 한 사람을 잉태할 수 있는 것이 인연입니다.

도반이여! 만나면 헤어지는 게 인연이지만, 선연이던 악연이던 인연이 있어 내게 온 것입니다.

든 자리는 몰라도 난 자리는 압니다. 인연을 다한 후에야 비로소 그 자리가 커 보입니다.

언제나 그렇듯이 이별은 준비 없이 왔다가, 인연이 되어 우연 속으로 사라집니다.

느닷없이 찾아온 실연처럼, 곁에 오래 머무르며 반짝일 것 같았던 날들도 쉬 저뭅니다.

이별은 오만 가지로 오지만 슬픔이 가는 곳은 오직 하나

허전한 마음 둘 곳이 없어 하늘을 올려다보니 흰 구름만 두둥실 떠갑니다. 그 마음 볼까봐 뭉게구름도 고개를 숙입니다.

마음이 가난한 자, 눈물 안에서 길을 잃었습니다. 얼마나 여리고 티 없는 영혼인가요?

떠나간 사람처럼 사랑했던 잔영(殘影)은 길고 짙습니다.

누군가의 부재를 지우기 위해서는 사랑했던 시간보다 더 많은 밤을 지나야 하겠지요.

젖어드는 눈가를 훔치고 나면 삶은 조금 헐거워지고 무심해질 것입니다.

인(因)은 씨앗이고 연(緣)은 열매입니다.

인연은 잠자리 날개가 바위에 스쳐 그 바위가 눈꽃처럼 하얀 가루가 될 때, 한 번 찾아오는 것이라고

인연은 서리처럼 담장을 조용히 넘어오기 때문에, 한 겨울에도 마음의 문을 활짝 열어 놓아야 한다고

인연은 필연이고, 숙명입니다. 그래서 오는 인연은 붙잡으세요. 그리고 놓지 마세요.

하룻밤에 만리장성을 쌓았구나!

남편이 신혼 한 달 만에 어디론가 사라졌다. 그래서 부인은 비구니로 변장을 하고 돌아다니며 백방으로 알아보았는데, 죽어서야 영혼으로 돌아온다는 만리장성의 채석장에 있었다.

여인 혼자 사는 집에 웬 나그네가 찾아들었다.

"길은 멀고 날은 저문데 인가라고는 이 집밖에 없소이다. 헛간이라도 좋으니 하룻밤만 묵어가게 해주오"

여자 혼자 살기에 객을 받을 수가 없다고 해도, 선비는 가지 않았다.

"보아하니 외딴집에 혼자 사는 모양인데, 무슨 사연이라도 있소?"

숨길 것도 없고 해서 남편이 끌려가게 된 사연을 말했다.

밤이 깊어지자 나그네는 노골적으로 수작을 걸었다.

이렇게 살다 죽는다면 너무 허무하지 않소? 돌아오지 않는 남편 때문에 정조를 지킨들 무슨 소용이요. 우리는 젊지 않소? 내가 책임지리다!

사내는 저돌적으로 달려들었다.

밤은 깊고 도와줄 사람도 없는데 가냘픈 여인의 힘으로는 무리였다.

그래서 일단 청을 받아들이기로 하고. 그 전에 한 가지 약조를 요구했다.

언제 돌아올지 모르는 남편을 그냥 잊어버리고, 따라 나설 수는 없는 일이요. 부부간에는 거역할 수 없는 정리(情理)라는 것이 있소. 남편이 입도록 옷을 드릴 테니, 받았다는 증표로 서찰을 받아 오세요.

저는 살아서 만나지 못할 팔자인가 봅니다. 남편에게 수의 대신 옷 한 벌 드리고 따라나선다면 마음이 가벼울 것입니다. 돌아오시면 당신에게 의지해서 평생을 같이 살겠어요.

호롱불이 꺼지고, 가쁜 숨소리가 정막을 깨트렸다.

이런 여인과 평생을 함께 살 수 있다는 기대감에 간밤의 피로도 잊고 깊은 잠에 빠졌다.

사내는 흔드는 기척에 잠에서 깨었다. 고운 얼굴이 아침 햇살을 받아 더욱 아름답게 보였다.

사내는 만리장성 공사장으로 찾아갔다.

어인 일로 먼 길을 왔는가?

나리! 실은 숙부가 여기에 있다는 말을 듣고 찾아왔습니다요.

옷을 갈아입히려면 인부를 공사장 밖으로 내보내야 되네! 다른 사람이 대신 들어가야 한다는 규칙을 알고 왔겠지

옷을 갈아입는 즉시 서찰을 받아오게!

그래서 사내는 옷 보따리를 감독에게 건네주고. 별 생각 없이 공사장으로 들어갔다.

남편이 보자기를 펴자, 옷 속에서 꼭꼭 접은 편지가 나왔다.

소첩 언년입니다. 당신을 공사장 밖으로 끌어내기 위해 옷을 전한 남자와 하룻밤을 자게 되었습니다.

외간 남자를 받아들인 소첩을 허물하지 않겠다면, 옷을 갈아입는 즉시 공사장 밖으로 나오세요.

소첩의 허물을 탓하시려거든 그 남자와 교대해서 공사장으로 들어가세요.

머리에 하얗게 서리가 앉은 중년 남자가, 중병에 걸려 수뢰에 실려 나왔다.

그는 실성한 사람처럼 뒤돌아보며 중얼거렸다.

"하룻밤 밖에 못 잤는데 그 사이에 만리장성을 쌓았구나"

Youtube, 가수 심수봉

고추당초 맵다지만
시집살이 비할까

벙어리 3년, 귀머거리 3년,
눈뜬장님 3년

봄볕에는 며느리 내보내고,
가을볕에는 딸 내보낸다.

배 썩은 것은 딸 주고
밤 썩은 것은 며느리 준다.

딸은 팥죽 주고
며느리는 콩죽 준다.

죽 설거지는 딸 시키고
비빔밥 설거지는 며느리 시킨다.

쓰니까 시어머니.
매우니까 시엄씨

고추당초 맵다지만
시집살이 비할까.

여승을 품어보는 게 소원이었소.

박진사는 인물 좋고 언변 좋고 허우대도 좋고, 거기에다가 사람들을 울리고 웃기는 재주도 좋았다.

열두 살에 초시에 붙지를 않나. 열여섯에 급제를 하지를 않나, 빼어난 문필에 영특하기가 조선 천지에 둘째가라면 서럽다.

성품도 너그러워 그를 미워하는 사람이 없었다.

선대로부터 재산도 넉넉하게 물려받아 나랏일에 땡전 한 푼 딴 주머니를 차는 일이 없어 사람들은 그를 우러러 보았다.

한겨울 맨발로 다니는 거지에게 신발을 벗어주고 땟거리가 없는 집에 곡식자루를 보내주고 부모에게 효도하고 형제간에 우애하고 처자식에게 자상했다.

옥에 티라면, 여자를 너무 밝혀 노소미추 신분고하를 막론하고 치마만 둘렀다하면 사족을 못 썼다.

그렇지만 그 많은 여자를 섭렵했어도 말썽 일으킨 적은 한 번도 없었다.

남녀관계란 이불 속에서 껴안고 있으면 한 몸인데 헤어지면 원수가 되지만, 그를 거쳐 간 여인네들은 하나같이 뒷말이 없었다.

큰 애기 찬모에게 싫증이 날 즈음, 건너 마을 과수댁과 눈이 맞아 닭이 울 때야 집으로 돌아왔다.

그날도 밤새도록 젖통이 푸짐한 과수댁을 끼고 정을 만끽하다가, 감나무 가지에 걸린 그믐달을 보며 새벽녘에야 집으로 돌아오는데

어라! 이게 무슨 변고인고? 안방에서 난데없이 목탁소리가 났다.
문을 열어 재끼자, 왠 여승이 한손으로 눈물을 닦고 다른 손으로 목탁을 치고 있었다.

대감! 소저는 하직하기로 마음먹었습니다. 그러니 그 여편네에게 안방을 차지하도록 하소서!

부인이 삭발을 하고 여승이 된 것이다.

가만히 생각해보니 내가 부인의 속을 많이 쏙인 것 같다.

진사 거동 좀 보소!

나는 친구 부인, 하인 마누라, 술집 작부, 과부, 방물장수, 찬모, 온갖 여인을 다 접해봤지만 여태 여승은 품어보지 못했소.
그러면서 어이없어 입만 벌리고 있는 부인을 바닥에 쓰러뜨렸다.

부인은 발버둥 치다가 힝! 이내 발가락을 오므리고 진사 등을 움켜잡았다.
땀범벅이 된 부인이 옷매무새를 고치며 "못 말리는 양반이야!"

여백의 미학

이란에서는 아름다운 문양으로 섬세하게 짠 카펫에 의도적으로 흠을 남긴다고 한다. 그것을 "페르시아의 흠"이라고 한다.

인디언들은 구슬 목걸이를 만들 때 깨진 구슬 하나를 꿰어 넣는다. 그것을 "영혼의 구슬"이라고 한다.

제주도 돌담은 여간한 태풍에 무너지지 않는다. 돌과 돌 사이 틈새로 바람이 빠져나가기 때문이다.

완벽한 사람보다 어딘가에 부족한 사람에게 정이 간다.

잘나 보이는 사람에게 다가가기 어렵고. 완벽한 사람에게 접근하기 어렵다.

행복해 보이는 사람이, 실은 나도 고민이 많아! 솔직하게 털어놓으면 친구들이 모인다.

넘침보다는 모자람이다. '허당'으로 인해 '있음'이 빛난다.

마음도 들어갈 수 있는 빈틈이 있어야 한다. 그래서 작은 실수가 마음을 연다.

공자의 가르침은, 이리가라 저리가라 줄을 세우려는 것이라면 노자의 가르침은, 가만히 두어도 걸을 때 되면 걷고 밥 먹을 때가 되면 밥 먹으니 간섭 말고 내버려두어라.

선악은 공존하는 것이니 이분법으로 나누지 마라.

진흙을 반죽하여 그릇을 만들 때, 초벌구이 중간이 텅 비어야 그릇에 쓰임새가 생긴다.

집에도 창을 내면 쓸모가 생긴다.

있는 것이 이롭게 쓰이는 것은, 없는 것의 쓰임새 때문이다. 그래서 노자는 쓸 데 없는 것도 소중하다고 했다.

스승 상용(商容)이 세상을 뜨려하자 노자는 마지막으로 가르침을 청했다.

스승이 물었다. "혀가 있느냐?"

네! 있습니다.

"이는?"

하나도 없습니다.

알겠느냐?

노자가 대답했다. "강한 것은 없어지고 부드러운 것은 남는다는 말씀이 시군요."

노자의 유약염하(柔弱謙下)는, 부드러움과 낮춤의 철학에 나온 것이다.

동양의 미는 여백의 아름다움이다.

동양화에서 붓을 대지 않고 그냥 남겨놓은 여백은, 감상하는 사람이 들어갈 공간이다.

괴테 어머니는 아들에게 이야기를 들려주면서 결말은 알려주지 않고 생각할 여지를 남겼다.

스스로 결말을 찾아보라는 것이다. 그래서 어린 괴테는 상상하며 이야기하는 능력을 길렀다.

Youtube, 조용필 허공

사랑하는 딸아!

네가 만일 남편을 왕처럼 존경한다면
남편은 너를 여왕처럼 떠받들 것이다.

그러나 네가 하녀처럼 행동한다면
남편은 너를 하녀처럼 취급할 것이다.

남편에게 봉사를 싫어한다면,
완력을 써서 너를 하녀로 만들어 버릴 것이다.

남편이 친구 집을 방문할 때는 몸은 정갈히
옷을 단정히 입고 나가게 하라!

남편의 친구가 집에 놀러 오거든
성의를 다해 극진히 대접하라!

가정을 위한 일이 무엇인지 항상 마음을 써라.
남편은 네 머리위에 왕관을 씌워 줄 것이다.

탈무드에서

이외수 작가의 비하인드 스토리

작명학원에서 소정과목을 이수한 수료생들에게 실기문제를 출제했다,

이외수에게 어울리는 호(號)를 지어라! 외솔, 갈물, 한샘처럼 오랫동안 기억에 남아야 한다,

답안지에 특이한 것이 있어 소개한다.

이외수는 땡중 중광과 자주 어울렸다. 그러니 여자와 술 담배는 불문가지(不問可知)

낙원여관을 본거지로 어린 문학소녀들을 꾀어 젊음을 즐기고, 가슴이 푸짐한 30대 청소 아줌마를 임신시켜 한동안 피해 다녔다.

그림 솜씨도 대단했다. 노래도 잘 부르고 춤 실력도 보통이 아니었다. 그러나 행동거지를 보면 잡놈 중에 상 잡놈이었다.
이외수가 사용하는 언어소재는 누에 꽁무니에서 나오는 명주실 같이 끝날 줄을 모르나. 거의가 잡동사니다.

그래도 인터넷 잡담꾼 twitter가 200만이 넘는다.

잡동사니를 표현하는 말은 잡(雜), 사람이라는 글자가 놈 자(者)
두 단어를 합쳐 '**잡놈**'이라고 하면 좋은 호가 될 것이다.

시도 맛깔나게 잘 썼다.

울지 말게! 다들 그렇게 살아가고 있어. 날마다 어둠 아래 누워 뒤척이다 아침이 오면 개똥같은 희망 하나 가슴에 품고 다시 문을 나서지

바람이 차고 고단 하다고 집으로 되돌아오는 사람이 어디 있을까? 산다는 건 참 만만치 않은 거라네! 아차! 하는 순간 몸도 마음도 망가지기 십상이지!

화투판 끗발처럼 어쩌다 좋은 날도 있긴 하겠지만, 그거야 그 때 뿐이지. 어느 날 큰 비가 올지, 그 비에 뭐가 무너지고 떠내려갈지 누가 알겠나?

그래도 세상은 꿈꾸는 자들의 것이지! 개똥같은 희망이라도 하나 품고 사는 게 행복한 거야! 아무것도 기다리지 않고 사는 삶은 얼마나 불쌍한가?

자! 한 잔 들게 나! 되는 게 없다고 이놈의 세상, 되는 게 하나도 없다고 술에 코 박고 우는 친구야!

어떤 여인과의 운명적인 만남

이외수는 춘천에서 알아주던 날라리였다. 차림새는 영락없는 상거지. 그런데 미스 강원 출신의 미모의 여인을 어떻게 자기 여자로 만들었을까? 더구나 자기보다 9,8 Cm 더 큰 아가씨를 DJ를 하던 다방 주인이 구석에 자리를 마련해주었는데, 거기에 왠 여자가 앉아 있어, 자기에게 관심이 있는 줄 알고 수작을 걸었다. 비켜! 내 자리야!

미친놈 지랄 떨고 있네! 다방의자에 임자가 따로 있냐?

당신을 유혹해 보겠다. 틀림없이 좋아하게 만들 거야! 이왕 좋아할 거라면 미리 좋아해 달라! 그러니 이곳에 자주 출몰해 주면 좋겠다!

다음날 테이블 위에 '이외수 개새끼' 라고 써있어 개새끼를 지우고 거시기로 바꿔놨다.

이외수의 말에 의하면. 아내와 싸워서 한 번도 이겨본 적이 없다. 여태까지 이혼 하지 않은 이유다. '부부애'가 아닌 '전우애'로 산다.

아내 전영자는 남편에 대한 희생과 사랑이 지극한 '내조의 여왕'이다. 그런데 남편이 태연하게 다른 여자를 사랑한다는 말을 듣는 순간 죽이고 싶었다. 그래도 아침에 일어나면 그런 생각은 물 녹듯 사라졌다.

나를 달구고 깨뜨리고 부셨던 사람이 이외수다. 존경하는 마음은 변함이 없다. 내 인생의 스승은 이외수 한 사람이다.

부인은 이혼을 결심했는데 남편이 원치 않아 졸혼하기로 했다.

술을 좋아했던 그는 뇌출혈로 쓰러졌다. 생로병사는 어쩔 수 없는 일이지만. 훌훌 털고 일어나길 바란다.

자신만의 문학세계를 가진 작가 이외수는 사람들 마음속에 영원한 국보로 남기를 바란다.

어떤 결심

마음이 아플
꼭 하루 만 살기로 했다

몸이 아플 때
한 순간만 살기로 했다

고마운 것만 기억하고
사랑한 일만 떠올리며

어떤 경우에도
남의 탓 안 하기로 했다

고요히 나 자신을
들여다보기로 했다

내게 주어진 하루가
전 생애라고 생각하니

저 만치서 행복이
웃으며 걸어오고 있다

이해인

정치 기술

인재 등용에 관하여

예를 갖추어 가르침을 청하면, 자기보다 백배나 훌륭한 인재가 모여들 것이다.

경의를 표하고 그의 의견을 경청하면, 자기보다 열배나 훌륭한 인재가 모여들 것이다.

상대방과 대등하게 행동하면, 자신과 흡사한 인물이 모일 것이다.

비스듬히 앉아서 곁눈질로 보면, 고만 고만한 소인배들이 모일 것이다.

중국 전국시대(戰國時代) 전략가의 책략, 전국책(戰國策)에서

공자의 가르침

심부름을 시켜 성실함을 봐라!
가까이 두고 행동거지를 봐라!
복잡한 일을 시켜 재능을 봐라!

뜻밖의 질문을 던져 지혜를 봐라!

약속해서 신용 정도를 봐라!
재물을 맡겨 청렴한 것을 봐라!

위급한 일을 시켜 침착함을 봐라!
술에 취하게 하여 절도를 봐라!
남녀를 섞여 감정의 기복을 봐라!

적재적소에 배치해야 능력을 발휘한다.

손흥민이나 이강인은 축구장으로 보내야지 족구장으로 보내면 안 된다.

류현진이나 추신수는 야구장으로 보내야지 도살장으로 보내면 안 된다.

다 사도이겠느냐?
다 선지자이겠느냐?
다 스승이겠느냐?

지도자의 역량에 따라 훌륭한 인재로 태어나기도 하고 범부로 전락하기도 한다.

한고조 유방은 장자방(장량)과 한신을 얻어 막강한 항우 세력을 물리치고 한나라를 건설했다.

중국 후한의 유비는 초야에 묻혀있는 제갈공명에게 삼고초려(三顧草廬) 예로, 그를 천하의 영웅으로 만들었다.

인재등용에 탁월한 세종대왕

세종실록 20년(1438) 3월 12일 기록

열 집이 있는 마을에는 반드시 충직한 사람이 하나쯤은 있거늘, 나라 안에 사람이 어찌 없다고 하는가?

인재를 양성하려는 나의 뜻을 받들어, 백성을 교화하고 풍습을 이루게 하라!

왕실 종친이라도 사사로이 임용하지 않고 공평하게 인사했다.

장영실은 비록 천민이지만 능력을 인정하여 정5품으로 등용했다.

황희, 맹사성 집현전학자, 박연 등 문인 무인에서 과학자에 이르기 까지 골고루 등용했다

정치인을 비아냥거리는 블랙 유머

지구본이 왜 기울어졌느냐고 묻자 얼굴이 빨개진 학생이 억울하다는 듯이

"제가 안 그랬어요."

엉뚱한 대답에 교장은 어이가 없어

아니? 학생들을 어떻게 가르쳤기에 그런 대답이 나옵니까?

저도 지구본이 왜 기울어졌는지 모르겠는데요.

아니! 선생이란 자가 어떻게 그런 말을 한단 말이오?

예산 줄인다고 싼 것을 고르다 보니 중국산을 산 것입니다. 당장 바꿔오 겠습니다.

교장도 모르고 선생님도 모르고 학생도 모르고, 그렇지만 선생님도 학생 도 지구도 잘 돌아간다.

본질은 외면한 채 말꼬리만 잡는 정치인을 비유한 글이다.

모두가 학자가 될 수 없고. 모두가 상인이 될 수 없다. 사회가 유지되려면 다양한 사람들이 필요하다.

임영웅 정동현은 예능 방송에 내보내야지 주방 일을 시키면 안 된다.

주현미나 송가연은 트롯트를 불러야지 파출부로 보내면 안 된다.

정치하는 나리들에게 충고한다.

문화적 배경이나 사회경험이 없이 국회에 들어가면 현실과 동떨어진 정 치를 한다.

육법전서나 달달 외우면 국회의원이 된다. 그래서 변호사 공화국이란 말을 듣는다.

국회의원 가방이나 들어주고 시중들다가 후보가 되고 의회에 진출한 정치인이 무엇을 할 수 있을 것인가.

정치 외엔 아무것도 해보지 않은 의원들 때문에 정치가 편협해지고 있다.

시(詩)정치의 고수, 중국의 원자바오 총리는 10년 임기를 마쳤을 때 '어떤 각오로 일했느냐'는 청년들의 질문에

죽어서야 실뽑기를 멈추는 누에와, 재가 되어야 비로소 눈물을 그치는 양초의 심정으로,

시향이 솔솔 풍긴다.

어떤 임금이 빨리 달리는 자동차를 보고, 이놈을 마차보다 느리게 하라!

갓난아기가 울면 눈물이 없는 까닭?
세상물정 몰라서

사람 발바닥이 두꺼운 까닭?
인생은 가시밭길

여자의 가장 큰 낭비는?
예쁜 여자가 화장하는 것

노처녀가 가장 억울한 말은?
과부가 될 팔자라는 점쟁이 말

도둑이 정문으로 당당히 들어가는 집은? -
교도소

세월을 속이는 약은?
머리 염색약

뒷걸음질 잘해야 이기는 경기는?
줄다리기

편의점에서

진상 손님도 있지만 정이 가는 손님도 있습니다.

1. 동양화 찾는 비구니 스님

고우신 스님 한 분이 들어오시더니, 나직이 동양화도 파냐고 묻더군요.
그림은 팔지 않는다고 했더니

"큰 스님은 왜 이런 걸 사오라고 하신지 모르겠어요. 쪽 팔리게"

좌우를 둘러보면서 "화투는 안 파나요?"

성불하라고 하시던 모습이 생생합니다.

2. 천사 같으신 할머니

중학생이 라면을 먹고 있는데,
남루한 어린이가 그 광경을 보고 있었습니다.

눈길이 얼마나 애처로운지, 할머니가 아이에게 김밥을 사주셨습니다.
그래서 제가 요구르트 하나 서비스로 드렸습니다.

3. 볼펜의 용도

잘 차려 입은 아주머니가 들어오시더니 볼펜을 찾으셨습니다. 그래서 흔한 300원짜리를 드렸더니 볼펜심은 빼버리고, 껍데기로 비녀를 만들어 머리에 꽂으면서

"이제야 좀 살겠네"

4. 처음 교통카드를 쓰신 아가씨

세련되어 보이는 아가씨가 들어오더니 교통카드를 달라고 했습니다. 충전은 어디서 하면 됩니까?

이 카드 가지고 지하철 타면 얼마나 빠져 나가나요? 남은 돈은 어디서 거슬러 받나요?

시골 아가씨였습니다. 그 모습이 얼마나 순수한지

5. 소녀시대 같은 손님

매일 아침 빵과 우유를 사러오는 여자 분이 있었습니다.

"웃는 모습이 소녀시대 같으시네요."

이런 인사를 받으려고 오시는 손님이 많습니다. 칭찬은 고래도 춤추게 한다는 말이 실감 나네요.

6, 건망증

만 원짜리 잔돈 바꾸기 위해 껌을 사시면서, 9,500원인지 확인하고 껌은 놓고 가는 손님이 더러 있었습니다.

껌은 가져가고 지갑을 놓고 간 손님도 있습니다.

봉투 사러 오신 분이 빈 봉투는 가져가고 축의금이 든 봉투는 놓고 가신 손님도 있었습니다.

쫓아가면 왜 그렇게 빠른지

7, 커피 공주병

편의점 커피는 맛이 거기가 거기입입니다. 좋다는 건 1200원인데 왜 그리 비싼지 저도 모릅니다.

이 커피를 마시는 분은 거의가 공주병 기질이 있습니다.

"미녀들이 주로 마시던데 혹시 모델이세요?" 이 말 한마디면 꺼뻑 죽습니다.

그리고 계속 이 커피만 찾습니다. 커피 맛은 거의가 비슷하다는 것을 알려 드립니다.

8. 49제

곱게 입으신 할머니가 양초를 달라고 하셨습니다. 먼저 간 아들 49제에 가시는 길이랍니다.

막걸리를 사시면서. 살아생전에 좋은 일 많이 하라고 하시네요. 쓸쓸한 할머니의 뒷모습이 눈에 선합니다.

다산 정약용과 강진

가수 임영웅의 마량에 가고싶다를 들어보니, 문득 강진이 생각났다.

하춘화의 영암 아리랑처럼 강진에서도 임영웅 노래비를 세운다고 한다.

오래 전에 여행자 클럽 최욱제 사장과 봄철 나들이로 남녘 풍광을 둘러보았다.

담양의 소세원에서 옛날 선조들의 운치 있는 한국의 전통적인 정원을 보고,

다음으로 강진의 다산초당에서 정약용 선생의 발자취를 주마간산했다.

초당 현판은 김정희(金正喜)의 글씨라고 한다.

경내에는 정석(丁石) 약천(藥泉) 연지석가산(蓮池石假山) 다조(茶竈) 등 다산의 발자취가 그대로 남아있었다.

다산은 경기도 남양주시 조안면에서 진주목사 정재원(丁載遠)의 넷째 아들로 태어났다. 어머니는 해남 윤씨, 고산 윤선도와 공재 윤두서의 후손이다.

형제로 자산어보를 저술한 정약전, 천주교도 정약종이 있다.

15세에 서울 회현동 풍산 홍씨 가문으로 장가를 들었다.

정약용(丁若鏞)은 1801년 신유사옥에 연루되어 강진으로 귀양을 갔다. 그곳에서 목민심서 등을 저술하고 실학을 집대성했다.

22세에 진사에 합격하고,
28세에 문과에 급제하여 정조 대왕을 보필했다.
31세에 홍문관 수찬(修撰)
33세에 암행어사로 탐관오리들을 징치(懲治)했다.
34세에 동부승지에 이어 병조참의를 역임했다.

39세에 정조 대왕이 붕어하고 11세의 어린 순조가 등극하자, 벽파가 득세하여, 사교(邪敎)라는 누명을 씌워 다산을 귀양 보냈다.

40세부터 18년간 유배 중에 1500권이 넘는 책을 독파하고, 5백 권의 실학 저서를 완성했다.

다산이 허름한 바깥채에서 유숙하는 것을 안타깝게 생각한 해남 윤씨 문중에서는, 장서가 많은 초당으로 거처를 옮기도록 했다고 한다.

이곳에서 20편의 시 '다산화사'를 저술했다.

57세에 해배되어 고향에 돌아와, 학문을 마무리하고 75세를 일기로 생을 마감했다.

동경대학의 한 교수의 논문

조선왕이 다산을 영의정에 앉혔더라면, 일본은 조선의 지배를 받았을 것이다.

그러나 권력투쟁으로 귀양 간 다산을 '앉은뱅이'로 만들어버렸으니 다행한 일이다.

어릴 때에도 이치에 밝았다.

"작은 산이 큰 산을 가리는 것은, 멀고 가까움이 서로 달라서다."

일곱 살 아이가 쓴 글이라고 믿어지지 않는다.

정조는 단옷날 다산에게 선방(扇房)에서 쓸 부채를 선물했다. 그리고 바른말을 하라는 의미로 붓과 주사부적을 하사했다.

정조가 다산을 얼마나 아꼈는지 알 수 있는 대목이다.

그리워하지 않겠어요!
그리움은 뒤늦은 후회인가요?
그러나 어쩌지요? (후략)

그도 범부나 다를 바 없이 아내를 그리워하는 애절한 시를 남겼다.

젊은 시절에는 말에 거침이 없고, 행동은 도도했으나, 나이가 들면서 진

중해졌다. 불운과 역경이 뾰족한 재기를 눌러 준 것으로 보인다.

밉게 보면 잡초 아닌 풀이 없고
곱게 보면 꽃 아닌 사람 없으니
내가 잡초 되기 싫다면
그대를 꽃으로 보리라.

털려고 들면 먼지 없는 사람 없고
덮으려고 들면 못 덮을 허물없으니
남의 눈에 들기는 힘들어도
눈 밖에 나는 것은 한순간이다.

귀가 얇은 사람은 입이 가볍고
귀가 두꺼운 사람은 입이 무겁다.
생각이 깊은 자여
그대는 남의 말을 내 일처럼 하라

강진 마량 득량만의 추억

임진왜란 때 군량을 조달한 곳이라고 해서 득량(得糧)이라고 했다.

이곳에서 짱뚱이탕을 맛보았는데, 새우나 잡어매운탕처럼 담백한 맛은
덜했지만, 추어탕 같이 기름져 맛이 진하고. 메기 매운탕과 달리 느끼하
지 않았다.

짱뚱이는 갯벌에서 가슴지느러미로 걸어 다닌다.

눈이 머리 위로 튀어나와 적이 나타나면 순식간에 구멍 속으로 숨어버린다. 그래서 행동이 빨라 '탄도어'라고 한다.

짱뚱이는 낚싯바늘을 갈고리처럼 줄에 매달아 '훌치기낚시'로 낚아챈다.

갯벌에서 짱뚱이 농게 칠게 뻘덕게의 영역다툼이 치열했다.

뻘덕게

기어가는 거냐?
걸어가는 거냐?
아니야!
뛰어가는 거야!
앞을 보고 옆으로 가니
횡행천하 횡보(橫步)로구나.

빨리 가다
쫓아 가면 멈춰 서서
집게손 곧추 세우고
어디 혼나볼래
갈매기만 빼고
내가 왕이다.

개선장군처럼 비켰거라!
뻘떡 게 나가신다.
도망간 꼬막손이 꼼질꼼질
아이들이 뒷걸음질하면
그제야 눈알 집어넣고
구멍 속으로 쏙

속초시(束草市) 탄생 비화

양양군의 해안가에 있던 작은 포구 도천면(道川面) 어촌마을이 속초시가 된 사연을 아는 사람은 별로 없을 것이다.

옛날 감영(監營)이었던 대처 양양(襄陽)은 동해안에서 가장 큰 도시였는데 지금은 읍(邑) 규모로 줄어들었다.

경상도 울산땅에는 바닷물에 몸을 식히려고 목만 내놓은 수중 바위가 있었다.

신선은 별장을 마련하려고 석재를 찾다가 이 바위를 발견하고 금강산으로 옮기라고 했다.

봉황이 바위를 옆구리에 끼고 날아가다가 금강산을 백리 남기고 놓쳐버렸다.

울산바다에서 가져온 바위라고 해서 울산바위라고 한다.
울산현감이 그 바위를 찾으려고 수소문하다 설악산에 있다는 것을 알았다.
그래서 신흥사 주지에게 내 놓으라고 하자.

왠 동자가 홀연히 나타나, 호수의 갈잎으로 동아줄을 만들어, 칭칭 묶으면 될 것이라고 했다.

갈잎을 엮는다는 묶을 속에 풀 초를 합쳐 속초(束草)과 되었다.
이에 울산현감이 겁을 먹고 도망 쳤다. 그래서 울산바위는 내내 설악산
소유가 되었다.

하느님께서 천지를 창조하신 6일 중에 마지막 하루는, 금강산을 만드는
데 보내셨을 것이다. 그러니 금강산을 보기 전에는 천하의 산수를 논하
지 마라!

스웨덴 국왕 아돌프 구스타프, 경주 서봉총 발굴을 끝내고
죽기 전에 보아야할 명소가, 신선들의 별장이 있다는 금강산 만물상이다.
그래서 속초는 금강산에 가는 사람들로 붐빈다. 비유하자면 금강산 관광
이나 이산가족의 집결장소다.

봉황이 다시 돌아오기를 기다려, 활주로를 만들어 놓은 곳이 양양공항이다,
돌아올 봉황을 위해서 성찬을 마련했다. 공항 옆 물치 대포항이다.

설악산 신흥사 일주문을 지나면 10톤이 넘는 구리를 녹여 만든 청동대불
이 눈에 들어올 것이다.

대불을 조성한 의미는 '기다림'이다.

신흥사 주지는 전에 도와준 동자에게 놀이터를 만들어주었는데 이것이
흔들바위다.

속초 양편에는 청초호(靑草湖)와 영랑호(永郞湖)가 있다. 욕심 많은 다
람쥐가 볼에 밤(물)을 숨기고 있는 형상이다.

울산 바위는 뜨거운 열기를 주체하지 못하고, 척산 온천 등에서 입김을 토해내지만, 볼 양쪽의 수기(水氣) 때문에 산불을 걱정 안 해도 된다.

울산 바위 오른편에 고성이 있다.

어느 날 울산바위의 화기가 양간지풍으로 고성을 몽땅 불태웠다.

울산바위 왼편에 양양 낙산사가 있다.

한 고승이 양양 낙산사 주지에게 비보(裨補)를 일러주었다.

해안 절벽이 갈라진 틈으로 해수가 들어와서 소용돌이를 치는 곳에 홍련암(紅蓮庵)을 지어, 동굴의 해조음(海潮音)으로 바닷물의 수기(水氣)를 받으면 화제를 예방할 수 있다.

또한 해수관음상을 조성해서 관음보살(觀音菩薩)의 힘으로 화마(火魔)를 막도록 할 수 있다. 그럼에도 불구하고 큰 불이 나서 낙산사 절의 일부와 불교문화재가 소실되었다. 그러나 홍련암과 해수관음상만은 아무런 피해도 입지 않고 쑥스럽게 남아있다.

중들이 불길을 잡겠다고 허둥대자 낙산사 회주인 무산(霧山) 스님

"제 안의 불도 못 끄는 것들이 절간의 불을 끈다고 무슨 난리고!"

마음의 불부터 끄라고 일갈했다.

부연하여

송강 정철은 관동팔경(關東八景)을 예찬하는 글을 끝내고, 설악산에 올라 감회를 이렇게 피력했다.

설악의 비경은 벼락같은 경이로움이나

설악(雪嶽)이 아니라 벼락(霹落)이요.
구경(求景)이 아니라 고경(苦景)이네!

아름다움을 품에 안으려면 대가를 지불해야 한다.
그래서 고통스러움을 고경이라고 한 것이다.

전설은 전설일 뿐이다.

종을 만드는데 번번이 실패해서 최후로 장인의 어린 딸을 쇳물에 넣었다.

마침내 종이 완성되었는데 그것이 에밀레종인 성덕사 신종이다.

녹을 수거해서 전설의 진위를 밝히려고 성분검사를 해보니, 증거가 되는 인 성분이 검출되지 않았다.

그러나 할머니의 이런 이야기는 앞으로도 계속 될 것이다.

속초시와의 나의 인연

나는 유네스코에서 지원하는 개발도상국 개발사업인 한강유역조사단의 지하수전문가였다.

해안에 인접한 우물에서 짠물이 나온다며, 주부들이 물을 달라고 시위(示威)를 했다.

정부에서는 지하수 전문가인 나에게 물 문제를 해결하라는 과제를 주었다.

지표에 흐르는 물이 없으니 지하에 모여 있는 물이라도 찾아야한다.

태백산맥에서 빗물이 서쪽에 떨어지면 한강이 되어 천천히 서해로 흘러가지만, 동쪽에 떨어지면 바로 동해로 빠지고 만다.

그래서 속초는 댐을 막아 저수(貯水)할 곳이 없다.

지질조사

청초천은 태백산맥의 미시령(826m)에서 발원한다.

물줄기는 동류하여 학사평을 가로질러 노학동,
청학동을 지나 조양동에서 청초호로 들어간다.

척산온천(尺山溫泉) 조사에서 단서를 찾았다.

화강암 지대인데 조개껍질이 붙어있는 퇴적암층이 나온 것이다.

해안이었던 지층이 융기하여 시간이 지나면서 퇴적층이 되어, 청초호까지 연장된다. 그 증거로 노학동과 청학동 논에서 물방울들이 솟아올랐다.

바로 착정(鑿井)공사에 들어가, 7m쯤 뚫자 지상으로 물기둥이 솟아올랐다. 온천수가 지진대를 따라 흐르다가, 치밀한 점토층(粘土層)에 막혀 용출하지 못하고, 구멍을 뚫자 지상으로 솟아오른 것이다.

겨울철에는 김이 무럭무럭 나고,
여름철에는 파이프에 이슬이 맺힐 정도로 시원했다.

지하 심부에서 올라오는 물이라 소독할 필요가 없다.
상수도와는 달리 여과지, 침전지, 배수지가 필요 없다.
온천수라 수질은 믿어도 된다.

하루 2500톤씩 생산한다. 일만 드럼이 넘으니 한사람이 한 드럼씩을 쓴다 해도 일만 명이 사용할 수 있는 수량(水量)이다.

속초 시민들은 신선도 못 먹어본 물을 마신다.

길에 길이 있느니라. 무조건 걸어라!

참봉의 얼굴에 먹구름이 끼고 떠벌리던 말수가 부쩍 줄었다. 그리고 거시기까지 서지 않아 고민이 태산이다.

안달이 난 마나님이 어린 기생을 뒷방에 들여보냈건만, 참봉은 얼굴 한번 못 들고 나왔다. 가끔 마님도 안아줘야 집안이 편한 법인데 어린 기생한테도 안서니 난감했다.

나이 마흔 줄인데 인생이 끝나면 안 되지! 암만, 그래서 황 의원에게 매달렸다.

백년 묵은 산삼에 우황 사향 해구신에다 청나라 경면주사로, 문전옥답 열두 마지기가 날아갔다.

이 기생 저 기생에 마나님 치마도 벗겨봤지만 효험이 없자. 의원은 다른 처방을 내놓았다.

나리! 아무리 명약이라도 심중에 불이 타오르지 않으면 말짱 헛것입니다요!

기생들은 하나같이 닳고 닳은 헌 것이니 전인미답을 한번 품어보는 것이 어때요?

참봉은 논 다섯 마지기로, 소작농의 어린 여식을 뒷방에 앉혔다.

잔뜩 기대했건만 자라목마냥 움츠린 양물은 나올 기색이 보이질 않았다.

야! 이 돌팔이 새끼야! 문전옥답 몇 마지기가 날아간 줄 아느냐?

의원에게 주먹질해도 분이 안 풀려 주막에서 술을 진탕 마시고, 삼경이 되어서야 집으로 돌아왔다.

그런데 행랑아범이 묵고 있는 문간방에서 터져 나오는 간드러진 신음소리에 돌처럼 굳었다.

"자네가 나 보다 두 살인가 많지?"

"그러한 줄 압니다."

"며칠에 한 번 꼴로, 밤일을 치르는고?"

"부끄럽습니다. 하루 건너서요."

참봉이 깜짝 놀라. 비결을 물으니

"만주나 몽고 사람들은 힘이 장사라네요."

"나도 들었네!"

함경도 사람들은 씨름판을 휩쓰는데 다 이유가 있습니다요. 진시왕의 불로초라는 선약(仙藥)과 음양수(陰陽水)때문입니다.

그 약을 파는 선인이 두만강 근처에 살고 있는데. 길일을 잡아 떠나시지요. 그래서 참봉은 행랑아범을 앞세워 길을 나섰다.

첫날은 이십 리도 못 걸었다.

턱과 목이 구분이 안 되는 데다, 배는 산더미처럼 솟아올라서, 평지를 걷는 데에도 헉헉 숨이 차고 땀이 비 오듯 했다.

걸음걸이가 뒤뚱뒤뚱해서 진도가 나지 않았다.

어둠살이 내릴 때에야 주막에 들어, 저녁은 먹는 둥 마는 둥 쓰러져 잠이 들었다.

걷고 또 걸었다. 어떤 날은 고개를 넘느라 시오리 밖에 못 걸었다.

"평소에 얼마나 걷는가?"

"고개가 있으면 팔십 리, 평지는 백리 쯤 거뜬하지요."

"왜 말을 타면 안 되는고?"

"말이나 가마를 타고 가면 말짱 헛것입니다요."

"얼마나 더 가야 하느냐?"

"참봉 어르신 걸음으로는 석 달 넘게 걸립니다요."

털썩 주저앉아 탄식을 하더니만 두 눈을 부릅뜨고 "거짓말은 아니렸다?"

"거짓이면 삼년 치 새경을 받지 않겠습니다요."

어느 날 소피를 본 참봉이 고함을 쳤다. "이것 보게! 내 양물이 여기에 있네!"

올챙이처럼 배가 나와 자신의 양물을 보지 못한 것이다.

걸음도 빨라져 하루에 오십 리는 거뜬했다. 함경도 땅으로 들어서자 걸음은 더욱 빨라 하루 칠십 리를 걸었다.

집 떠난 지 두 달 스무닷새 째 날이었다. 행랑아범은 어디론가 사라지더니, 환약 세알과 검은 물을 가지고 왔다.

참봉은 환약을 털어 넣고 음양수를 벌컥벌컥 들이켰다.
얼마 만인가? 읍내 주막에서 앙탈 부리는 주모를 몇번이나 기절시켰다.
음양수는 개천 똥물이고 환약은 토끼 똥이었다.
함경도 끝자락에서 밀양 집으로 돌아오는 길에는 당나귀 두 마리를 번갈아 타고 왔다.

집에 당도하자 약속대로 삼천 냥을 주었다.
행랑아범은 길을 떠나며 이런 글귀를 남겼다.

보행이 신약이거늘, 만보를 약정하고 무조건 걸어라!

어느 분의 글 ▮

걸음걸이

백화점 점원들은 신발의 굽을 보고 손님의 성격을 압니다.

바깥쪽 굽이 닳으면 외향적이고, 안쪽 굽이 닳으면 소극적이며

뒤쪽이 굽이 닳으면 낙천적이고, 두 굽이 다르게 닳으면 고집이 센 사람입니다.

신발 닳는 모양이 서로 다른 것은 사람마다 걸음걸이가 재 각각이기 때문입니다.

걸을 때 어깨와 팔이 벌어지는 우랑우탕 형은 힘을 과시하는 스타일이어서, 주먹질하는 사람을 '어깨'라고 부릅니다.

어깨를 펴고 하늘 보며 걷는 사람은 자신감이 충만하고 자기주장이 강한 사람입니다.

엉덩이를 빼고 걷는 사람은 뒷심이 부족한 사람입니다.

슈퍼맨처럼 망토가 등 뒤에 펄럭이면서 걷는 것이 가장 좋다고 합니다.

고른 발걸음으로 성큼성큼 걸으면, 기둥이 바로 선 것처럼 든든합니다.

그래서 남산골 생원이 망해도 걸음 걷는 버릇은 남는다는 속담이 있습니다.

걸음걸이로 그 사람의 성격 건강 운명 까지도 알 수 있습니다. 그래서 관상가의 중요한 관찰대상입니다,

신발

편안한 신발을 신는 사람은 쾌활한 성격이고, 불편한 신발을 신는 사람은 침착한 성격입니다.

발목까지 오는 신발을 신는 사람은 공격적이고, 반질반질하게 닦은 신발을 신는 사람은 집착이 강한 사람이입니다.

몸의 중심을 앞쪽에 두고 빨리 걷는 사람은 논리적이나, 경쟁심이 강한 단점이 있습니다.

당당하게 가슴을 내밀고 어깨를 뒤로 한 채 머리를 치켜들고 걷는 사람은 욕심이 많은 사람입니다.

아인슈타인의 상대성 이론

사랑하는 여인과 키스를 하면 3분이 3초처럼 짧게 느껴지지만, 난로에
손을 얹으면 3초가 3분처럼 길게 느껴진다.

남자는 '버너'
여자는 '오븐'

여성은 예열이 필요하다. 그리고 한번 열 받으면 천천히 식는다.
로맨틱 키스는 이미 달아오른 몸을 더 뜨겁게 달군다.
사랑하기 위해서 키스로 워밍업 하는 동물은 인간뿐이다.
키스에서 침은 포도주보다 달콤해서, 목을 적셔 주는 묘약이다.

천일야화에서

원시인들은 키스를 통해 영혼이 만난다는 속설이 있다.
설왕설래(舌往舌來)는 키스의 다른 이름이다.

영화에서 입맞춤하는 것을 보면 황홀하다거나 에로틱하다는 느낌이 전
혀 들지 않는다. 키스는 움직이는 은밀한 내면을 봐야한다.

가장 섹시한 키스 장면은 영화 바람과 함께 사라지다에서 클라크 게이블
과 비비안

키스 없는 사랑은 앙꼬 없는 찐빵이요, 단무지 없는 김밥이다.

멍청이(idiot)가 박사보다 낫다.

상대성 이론으로 명성을 날리던 때였다. 하루에도 몇 번씩이나 똑같은 강의를 하다 보니 몸살이 날 지경이었다.

그때 나이 지긋한 운전기사가 제안을 했다.

사람들은 박사님 얼굴을 잘 모릅니다.

제가 강의를 하고, 박사님은 청중석에서 잠깐 눈을 붙이십시오.

운전기사는 토씨 하나 틀리지 않고 강의를 마쳤다. 그래서 안도 하며 연단에서 내려오는데.

" 질문이 있는데요!"

강의가 교제와 다르다는 것이었다.

 당신! 이 대학 교수가 맞아? 무척 실망스럽군! 그 따위는 질문은 아무나 대답해 줄 수 있네!

"운전기사! 이 부분을 좀 더 구체적으로 설명해 줄 수 있겠어?"

객석에 앉아 있던 아인슈타인이 조목조목 설명해 주었다.

그래서 "멍청이(idiot)가 박사보다 낫다."라는 말이 생겨났다.

능력은 예측하는 것이 아니라 적절하게 대응하는 것이다.

아인슈타인이 천재라고?

선생에게 크리스마스 선물을 보내려고 집 주소를 물으니, 뜬금없이 호주머니를 뒤졌다.

자기 집 주소도 모르십니까?

왜 외우나? 수첩에 적이 두면 까먹지 않을 텐데.

이인슈타인이 부인에게 부탁하는 말

1. 내 옷은 항상 청결하게 하라.
2. 식사는 제 시간에 방에 갖다 놓아라.
3. 침실과 서재는 깨끗이 청소하라.
4. 내 책상은 누구도 손대지 못하게 하라.
5. 서방이 요구하면 곧바로 옷을 벗어라.
6. 여행하는 동안 동침은 꿈도 꾸지 마라.
7. 비난 하지 말고 입을 다물어라.

절벽에서 떨어졌는데 옷에 걸려 살아난 사람은?
덜 떨어진 사람

하늘에 달이 없으면 어떻게 될까요?
날 샜다.

겨울에 강아지가 뛰어다니는 이유는?
가만있으면 발이 시려워서

하느님이 인간을 진흙으로 빚었다는 증거는?
열 받으면 굳는다.

눈 코 뜰 새가 없을 때는?
머리 감을 때

여자는 무드에 약한데. 남자는 무엇에 약할까?
누드

급히 먹은 떡은?
헐레벌떡

높은 곳에서 애를 낳으면?
하이애나

포경수술의 순 우리말은?
아주까리

아이가 태어나자마자 우는 까닭은?
밥줄이 끊어져서

머피의 법칙(Murphy's law)

직장인을 대상으로 '머피의 법칙'이라는 주제로 설문조사를 했습니다.

1위는 약속이 있는 날에는 야근을 시킨다.

2위는 지각하는 날은 버스가 늦게 온다.

3위는 급한 업무로 전화를 걸면, 담당자가 통화 중이다.

4위는 핸드폰을 보는데 상사가 내 모니터를 보고 있다.

5위는 보너스를 탔는데 쓸데가 생겼다.

환장합니다.

양산을 준비하면 비가 오고
우산을 준비하면 해가 쨍쨍
모처럼 세차하면 비가 옵니다.

빈 택시는 반대편에서 오고, 건너가면 지나갑니다.
옆 차선으로 가면, 원래 차선이 더 빠릅니다.
줄을 서면 다른 줄이 빠릅니다.

소풍 갈 때 비가 옵니다,
수능 날은 춥습니다.
응원하는 팀은 집니다.

변기에 앉자마자 전화벨이 울립니다.
손이 닿기 어려운 데 가렵습니다.
지켜보는 가마솥이 늦게 끓습니다.

미칩니다.

사려는 물건은 세일품목에서 제외랍니다.
돈이 생기면 쓸 곳 먼저 생깁니다.
서비스에 맡기려는데 정상으로 작동합니다.

공부를 안 하면 몰라서 틀리고 공부를 하면 헷갈려서 틀리고
지선다형에서 처음 고른 것이 맞습니다.
찾고 싶은 물건은 마지막에 찾게 됩니다.

원하는 것과는 반대로 일이 꼬입니다.
위기에 봉착하면 최악을 선택합니다.
위대한 발견은 실수로 만든 것이 많습니다.

코로나는 언제나 끝날지?

카탈린 카리코(Katalin Kariko)

백신은 바이러스를 증식해서 만들기 때문에 아무리 빨라도 5~10년이 걸립니다.

이번 짧은 기간에 백신을 완성한 것은, 카탈린의 mRNA 때문입니다.

1955년 헝가리에서 출생한 카탈린은 23세에 박사학위를 받고, 바로 RNA백신 연구에 들어갔습니다.

공산치하에서 연구하는데 여건이 좋지 않아. 1985년 미국으로 건너갔습니다.

미국 대학에서는 진전이 없다는 이유로 연구 중단을 요청하자, 월급의 반만 받기로 하고 연구를 계속했습니다.

드루 와이스맨이라는 면역학자가 연구비 전액을 지원해서 2005년 드디어 백신 개발에 성공했습니다.

화이저와 모더나는 카탈린의 특허로 백신을 생산합니다.

코로나 사태가 가져올 인문 사회적 변화

1. 위생적인 생활이 몸에 밸 것이다.

2. 디지털 경제가 늘어나, 무인점포가 증가할 것이다.

3. 유통은 빠른 속도로 오프라인에서 온라인으로 재편될 것이다.

4. 대형교회는 몰락하고 탈종교화는 가속할 것이다.

5 배달 사업은 번창하고, 식문화는 크게 바뀔 것이다.

6. 자동화는 생활화 되고, 경제 격차는 더 벌어질 것이다.

7. 기업들은 공급망을 다변화하고, 해외투자 분산정책이 늘어날 것이다.

8. 대중교통 이용이 감소하고 교통체증은 증가할 것이다.

9. 공연장, 찜질방, 노래방, 스포츠, 단체 여행 등은 사양길에 들 것이다.

10. 술집보다 골프장, 등산 등 야외 스포츠의 수요가 늘어날 것이다.

카이스트 이병태 교수

이제야 알겠다.

손 씻기도 대충, 사람과 거리도 대충, 배려도 대충, 마스크를 써 본 뒤에야 나의 언어가 소란스러웠다는 것을

너무나 쉽게 말하고. 너무 쉽게 비판하고 너무 쉽게 참견했다.
생각은 짧았고 행동은 경박했다. 그래서 침묵을 배웠다.
내게도 닥칠 수 있다는 것을

만물의 영장이라는 인간이 한낮 미생물에 쉽게 쓰러지고, 바벨탑도 한순간에 무너질 수 있다는 것을

시련을 극복하고 살아남아 영웅이 될지, 바이러스의 희생양이 될지
스스로가 면역에 관한한 주치의가 되어야 한다는 것을

코로나 유감

숨 안 쉬고 10분을 참는 놈은 보지 못했다. 그러니 숨통을 끊어라! 환자들은 거의가 폐 손상으로 죽었다.

교회에서 코로나 환자가 많이 나왔는데, 절에서는 별로 나오지 않았다. 중의 흰 고무신(백신, Vaccine)을 신고 있기 때문이다.

죄를 지은 사람만 바보다.
구치소에서 확진자가 728명이나 나왔다.

늙은 사람만 병신이다.
요양원에서 확진자가 무더기로 나왔다.

교회나 절에 가는 사람만 바보다.
어떤 성직자도 코로나를 막을 수 없다.

마스크가 고마운 사람,
못생긴 년

마스크가 미운사람,
예쁜 년

마스크가 죽도록 미운 놈,
나 같이 잘 생긴 놈

마스크로 쫄딱 망한 사람,
립스틱 장사

발 달린 짐승 어디는 못 가랴!

필리핀의 표어

집으로 들어가던가. 관으로 들어가던가.

대통령 드테르테 답다.

사회적 거리 두기 운동

과일을 사왔는데. 맞닿아 있던 부분이 물러버렸다.
떨어지지 않아 생긴 파치다.

인류학자 에드워드 홀은 근접공간학(Proxemics)에서
인간관계 공간을 4가지로 분류했다.

여기서 공간은 거리를 말한다.

친밀한 공간
개인적 공간
사회적 공간
공적인 공간

친밀한 거리는 46㎝ 이내로 지극히 사적인 공간이다.
연인이나 가족 아닌 사람이 이 영역에 들어오면 본능적으로 거부한다.

개인적 거리는 46~120㎝ 이내로 팔을 뻗으면 닿을 수 있다.
사람들과의 좋은 관계다.
사회적 거리는 120~360㎝ 정도로 사업상 만나는 관계다.
사회적 거리 두기 2m는 여기에 속한다.

공적인 거리는 강연이나 행사 때의 360㎝ 이상 거리다. 이성적인 영역이다.
어느 정도가 적당할까? 거리조절 실패는 잘못한 처세로 이어진다.

고슴도치

가까워지면 아프고 멀어지면 외롭다.
가깝게 지내고 싶지만 혼자이고 싶고,
혼자이고 싶지만 더불어 살고 싶고
안 보면 보고 싶고 보면 이가 갈린다.

그래서 선조들은 능굴능신(能屈能伸)을 처세의 제일 덕목으로 삼았다.

인연이란 잠자리 날개가 바위에 스쳐 그 바위가 눈꽃처럼 하얀 가루가
될 때 한번 찾아오는 것이라고.
그래서 부부는 거리가 없는 일촌입니다.

사마귀(螳螂) 암컷은 사랑의 환희가 절정일 때 수컷을 잡아먹는다.
남편이 부인을?

수컷은 저항 하지 않고 기쁨에 넘쳐 열반(涅槃)에 들어간다.
죽음에는 엄청난 고통이 따르지만. 사마귀처럼 황홀한 사랑이 휘감을 때
아름다운 사랑으로 받아드렸으리라.

음악이 아름다운 것은 음과 음사이의 쉼표 때문이다.
말이 아름다운 것은 말과 말 사이의 간격 때문이다.

Youtube, Edith Piaf – Hymne A L'amour (사랑의 찬가)

갈등(葛藤)

청년과 노인, 진보와 보수, 갑과 을, 빈부격차 등에서 골이 깊어지고 있다.

가난한 사람은 돈 많은 사람을 부러워하고
부자는 권력을 가진 사람을 부러워한다.

갈(葛)은 칡
칡은 나무에 의지하여 올라가는 성질이 있다.

등(藤)은 등나무
등나무는 휘어 감고 올라가는 성질이 있다. 집안에 등나무를 심으면 일
이 꼬인다는 말이 있다.

배어버리는 것이 나을까? 두고 보는 것이 나을까?
갈등은 왼쪽으로 꼬이며 자라는 칡넝쿨과 오른쪽으로 꼬이며 자라는 등
나무다.

나무 한 그루를 두고 생물학자는 보호해야 할 유산이다,
목수는 대들보로 쓸 재목이다. 간직해야 좋을까요. 베는 것이 좋을까요.

같은 산을 두고
북쪽 사람들은 남산이라 부르고,
남쪽 사람들은 북산이라 부른다.

어디에 아파트를 사면 집값이 오를까요?

우리 어머님이 믿는 하나님께 감사드리고, 제가 가는 절의 부처님께도 감사드립니다. 그 여인처럼 사려 깊은 어르신으로 늙고 싶다.

미국의 인종 갈등에 대하여

UN이 선정한 가장 아름다운 시 (아프리카 소녀가 쓴 시)

태어날 때는 검은색(When I born, I Black),

자라서도 검은색(When I grow up, I Black),

태양 아래서는 검은색(When I go in sun, I Black),

무서울 때도 검은색(When I scared, I Black),

아플 때도 검은색(When I sick, I Black),

죽을 때도 검은색(And When I die, I still Black).

백인들은(And You, White fellow),

태어날 때는 분홍색(When you born, you Pink),

자라면서 흰색(When you grow up, you White),

태양 아래서는 빨간색(When you in sun, you Red),

추우면 파란색(When you cold, you Blue),

무서울 때는 노란색(When you scared, you Yellow),

아플 때는 녹색(When you sick, you Green),

죽을 때는 회색(And When you die, you Gray).

왜 백인들 나를 유색인종이라고 부르나요? (And you calling me Colored?)

거울(面鏡)에 비친 세상

鏡不自見 人自照之 너를 비춰 나를 안다.

정조대왕의 거울 휘호,

거울은 비춰야 보이지, 저절로 보이지 않는다.

앞니 빠진 내 동생
입 꼭 다물고 있다가
거울한테 살짝
이! 하고 보여 준다

아빠와 다투고 속상할 때
엄마는 방문을 쾅 닫고
거울 앞에 앉아
아빠 허물을 일러바친다.

거울은 비밀을 알고 있지만
아무한테도 말하지 않는다.
그런 거울 앞에서
아빠는 다소곳해진다

곽해룡 아동문학가

매 바위를 찾는 청년

"영감님 여기 봉화마을입니까?"

그런데 왜?

"매 바위로 가려는데요."

매 바위는 왜?

"자살하려고요"

자살을 뒤집으면 살자가 된다. 죽으려고 온 게 아니라 살려고 온 게로구먼!

"저는 한다면 하는 놈입니다."

심각하게 고민하다 마침내 결심을 하면 이렇게 태연할 수가 있다.

소개할 사람이 있지! 그 분은 자네 고민을 해결해줄 것이네!

젊은이를 어두컴컴한 화장실로 데려가서, 밑도 끝도 없이 이 사람을 만나보게!

화장실 벽에 거울이 붙어 있었다.

"앗, 이게 누구야? "

누구긴 누구야? 너지!

"이게 나라고? 아니야! 내가 아니야!"

지금껏 나라는 것을 그렇게 외면하고 살았구나!

너털웃음을 웃자, 거울 속 남자도 따라 웃었다.

그렇게 한참이 지나자. 한 젊은이가 콧노래를 부르며 뛰어나갔다

거울은 혼자 웃지 않는다.
웃으며 거울을 보면
비로소 거울도 따라 웃는다.

거울은 혼자 울지 않는다.
울면서 거울을 보면
비로소 거울도 따라 운다.

거울은 혼자 화내지 않는다.
화를 내면서 거울을 보면
화난 모습이 거울에 있다.

거울은 드러내지를 않는다.
누군가 다가오면
비로소 모습을 드러낸다.

마음의 거울

법원 앞 다방은 담배연기 자욱하다
답답한 사람들이 모여 연신
담배를 피워대며
복잡한 속내 뿜어내고 있다.

환풍기를 돌려도 칡넝쿨처럼 얽힌 감정
두꺼운 노란 서류봉투에 담아
법정을 오고 가지만
세상사 때론 재판보다도 누가 옳은지
마음의 거울에 내 모습 비춰본다.

어긋난 관계들의 회복을 위해
사랑하는 법 배우기 위해
나는 매일 마음의 거울을 닦는다.

이연숙 시인

시험 감독과 학생들의 컨닝

평소에 자기를 교수 보다 선생이라 불러달라고 하신 은사 두 분들의 출제방식은 사뭇 달랐습니다.

우리나라 고대 상고사의 체계를 완성한 국사학의 태두 이병도 박사의 시험시간이었습니다.

'시험감독관'이라는 명찰을 인형에 꽂아두고 운동장에 나가 공을 차는 조교가 있었습니다.

감독을 소홀한 사실이 들통 났으나, 다음과 같은 항변으로 징계를 받지 않았습니다.

이병도 박사는 "가야에 왜구가 도래하여 만들었다는 임나일본부설의 허구성을 입증하라"같은 주관적인 문제만 출제합니다.

고대 상고사 강의를 성실하게 들은 학생만이 쓸 수 있는 답입니다. 그리고 착한 학생들을 잠정적인 죄인으로 만들 수는 없습니다.

심리학의 거성 윤태림 박사는 객관식인 문제만을 출제합니다. 가끔 4지선다형도 있습니다.

감독관은 지겨운지 기지개를 켜고 창밖을 내다봅니다. 그래도 무료하면 천천히 왔다 갔다 합니다. 그러니 학생들은 안심하고 커닝을 합니다.

강의에 소홀한 학생들은 눈동자를 바삐 굴렸지만 이런 학생들 모두D학점이 받았습니다.

감독관은 답안지 상단에 있는 학번을 적습니다. 시험 감독의 의도는 말안 해도 알 것입니다. 그리고 D 학점으로 유급은 막아줍니다.

감독을 소홀히 했다는 이유로 징계를 받았습니다만 취소가 되었습니다.

커닝에 부연하여

최초로 명예 제도 (Honour System)를 도입한 곳은 명예에 살고 명예에 죽는다는 육군사관학교입니다.

이 학교에서는 시험을 자율에 맡깁니다. 감독관 자리가 없으니, 누구나 커닝을 해도 되는 것으로 알고 있으나. 동료 생도들의 눈총 때문에 부정 행위를 저지른 학생은 자퇴한다고 합니다.

솔로몬왕의 지혜

병들고 힘든 자들이여! 내게로 오라! (마 11:28-30)

다윗 왕은 자신이 원하는 왕관을 만들어달라고 명했습니다.

전쟁에서 승리를 거두고 기뻐할 때도 교만하지 않게,

고통스러운 시련이 왔을 때 용기를 얻을 수 있게

대왕의 말씀은 지금의 어려운 세태를 비유한 것이지만, 두 가지 의미의 구절이 떠오르지 않았습니다.

그래서 다윗의 아들인 지혜의 왕 솔로몬을 찾아갔습니다.

대왕이 원하는 말씀을 왕관에 넣으라고 하시는데 하늘같은 지혜를 내려 주십시오.

솔로몬 왕은 잠시 고뇌에 빠졌습니다. 그리고 마침내 글귀를 주었습니다.

이 또한 지나가리라! "This, too, shall pass away"

조금만 참고 견디세요.

어르신들이여! 오래 사셔야 합니다.

세파에 휘둘려 고통스럽습니까?
괴롭고 슬퍼서 견디기 어렵습니까?

청년들이여! 힘 내세요.
자영업자들이여! 악착같이 버티세요.

프쉬긴

삶이 그대를 속일지라에서도

슬퍼하거나 노여워하지 마라

슬픈 날을 참고 견디면

머지않아 기쁜 날이 오리니

코로나로 힘든 분들에게

선지자 이건희 회장

물질개벽(物質開闢)을 이룩함으로써 정신개벽(精神開闢)을 앞당겨, 우리
도 세계 일류가 될 수 있다는 자신감을 실어준 사람이 이건희 회장이다.

땅땅땅 관 뚜껑에 못질 세 번이면 그 사람에 대한 평가는 끝난다.

이 회장을 화장하고 관 뚜껑을 닫았는데 튀어나온 것이, 당대 최고의 컬
렉션이라는 미술품이었다.

그는 세계 최고 미술관을 만든다는 목표로, 최고 작품만을 수집했다

모네의 작품 '수련'
피카소의 연인 '도라 마르의 초상'

몇 천억 원을 호가하는, 추상미술의 대가 마크 로스코 작품 20여 점
자코메티의 대표작 '걷는 사람'
샤갈의 '신랑 신부의 꽃다발'
로댕의 생각하는 사람'과 '천국의 문'

이 회장은 유별나게 로댕의 작품을 좋아해서, 프랑스보다 많이 가지고
있다고 한다.

이 회장은 작품 값을 깎지 않기로 소문이 나서 화상(畵商)들은 제일 먼저

찾는다고 한다.

미술품 보는 안목도 뛰어나, 자신이 감정을 한 후에 삼성 주재원을 시켜 구입토록 했다.

값이 쌀 때는 20여 점을 한 번에 구입하기도 했다.
이 컬렉션은 미국의 록펠러 재단을 능가하는 세계 최고 수준이다

여담으로 한 마디

재벌 이병철 회장에게도 마음대로 되지 않는 일이 있었는데, 서울대를 나온 자식이 하나도 없었다.

어떻게 해야 하나 생각하다가, 서울대를 나온 삼성 리움 박물관장 홍라희를 며느리로 삼았다. 홍라희는 홍진기(중앙일보 회장)딸이다.

의기양양한 아들 이건희 회장은 삼성 사장단에게 외쳤다.
"마누라만 놔두고 싹 바꿔라!"

홍라희의 신장은 젊은 시절 168cm, 동 시대 여성 신장은 153cm 정도, 그때 기준으로는 모델 급이었다. 남편인 이건희 회장(164cm)보다 더 크다.

이재용은 184cm

홍라희는 동생 홍경애와 서울대 미대 동창이다.

귀천(歸天) 시인 천상병

천상병은 마산중학교 다닐 때 시인이자 담임선생인 김춘수에게서 시를 배웠다. 내가 그의 이름을 불러 주기 전에는 그는 다만 하나의 몸짓에 지나지 않았다. 내가 그의 이름을 불러 주었을 때, 그는 나에게로 와서 꽃이 되었다.

시인 김춘수

본명은 천상병, 호는 없었고. 별명은 천희갑, 동백림 사건으로 취조를 받을 때, 희극배우 김희갑을 닮았다고 수사관들이 붙여준 것이다.

귀천(歸天)

나 하늘로 돌아가리라.
새벽빛 와 닿으면 스러지는
이슬 더불어 손에 손 잡고

노을빛 함께 단 둘이
기슭에서 놀다가 구름 손짓하면,
나 하늘로 돌아가리라

아름다운 이 세상
소풍 끝나는 날
아름다웠다고 말하리라.

시인의 어린이 같은 천진난만한 삶

몇 달째 코빼기도 보이지 않자, 천상병이 죽었을 것으로 짐작했다.
실은 영양실조로 쓰러져 서울시립정신병원에서 누워있었던 것이다.
누군가 불쌍한 그를 위해 시집이나 발행해주자는 갸륵한 뜻을 냈다.
그래서 십시일반으로 돈을 모아 '시집 새'를 펴냈다.
이런 미담이 신문에 실리자 한 병원에서 '천상병 시인이 여기에 있다'는
연락이 왔다. 그래서 비단 보자기에 양장본으로 꾸민 시집 10권을 들고
병문안을 갔는데. 천상병은 카랑카랑한 목소리로

"내 인세는 어찌 되었노? "

돈 알기를 돌로 보는 그가 아닌가? 저승 가는 길에 노자가 필요하면 어떻
게 하노? 걱정했는데, 커피 한 잔과 봉지 담배, 막걸리 한 병을 사고서도
버스 요금이 아직 남았다고 행복해 하던 그였다. 무소유였지만 가난에
주눅 들지 않고 늠름한 그가. 많은 것을 거머쥐고 허덕이는 우리들을 부
끄럽게 한다.

정치와 무관하던 그가 뜻밖에 동베를린 사건으로 국사범에 몰렸다.
친구 강빈구로부터 3만 6500원을 갈취한 혐의다. 얼마나 술을 좋아했으
면, 친구로부터 술값으로 백 원, 오백 원씩 받은 것이었다.

향수를 마시다

서울대학교에 다닐 때였다.
하루는 교수님 집 화장대에 멋있는 병이 있어 양주인 줄 알고 마셨다.

"무슨 향이야?"

좋은 술은 향기부터 다르다고 생각했는데 알고 보니 향수였다.

술값이 세금

술 생각에 세금(?) 명목으로 지인으로부터 500원, 1000원씩 받았다.
짝이 있으면 1000원, 혼자 사면 500원, 결혼 여부에 따라 받는 세금이
달랐다.

친한 사람이 아니면 돈을 걷지 않는다는 사실을 알고, 돈을 뺏기면서도
기분이 좋았다고 했다.

이발소에서

머리가 덥수룩해서 얼굴이 보이지 않자. 이를 딱하게 여긴 친구가, 돈을
주면 술 사 먹을까봐 그를 데리고 이발소로 갔다.
이발삯을 지불하고 머리를 자르는 걸 본 친구는 안심하고 자리를 떴다.
친구가 나가자마자, 이발한 비용을 제외하고 환불해달라고 요구했다.

이발사는 돈을 돌려주고 머리는 그냥 잘라주었다. 그 돈으로 술을 사먹었다고 한다.

술친구 신경림의 회고

천상병은 험하게 살아서인지 혀를 내두를 정도로 건강했다. 먹성도 좋고 주량도 컸다.

자신이 학원 강사로 근근이 살아가는 것이 안타까워, 취직시켜주겠다고 여기 저기 알아보다가 결국 일자리를 알선해 주었다.

일정한 수입이 없는 그가 지 걱정은 안 하고 남 걱정만 하는 것이 우스워 한마디 했더니, 너와 나는 타고난 생리가 다르다. 나는 남들보다 시를 잘 쓰니 먹고 살 수 있다.

남자가 임신을?

간이 부어 복수가 차서 누워있는데, 왜 배가 부르냐고 묻자 임신을 했다고, 병원장인 친구의 말이다.

이승과 저승 갈림길에 포장마차

미망인 목순옥 여사는 인사동에서 귀천이라는 민속 찻집을 운영했다.

단골손님이 빌린 돈을 언제 갚을 거냐고 천상병에게 묻자,

"죽으면 천국과 지옥 갈림길에서 포장마차를 할 테니, 빌린 돈 만큼 술로
주겠네!."

세계 유명인의 명언집에서

이외수와의 인연

춘천의료원에 입원했을 때, 소설가 이외수가 문병을 왔다.
초면인데도 보자마자, 대뜸 너 외수지? 이제부터 내 동생이다!

만나고 싶었지만 기회가 나지 않았는데,
뒤늦게 병문안을 가서 뜬금없이 환대를 받았다고 한다.
그 후에도 자주 만났다.

이외수가 물었다.
중광 형님 나이가 몇이래요? 마흔이야!

저는요?
서른 살이지! 아니다. 예순 하나야!

상병 형님 나이는?
세 살이지!

때가 묻은 햇수로 본다면 맞는 말이다.
해맑은 웃음을 보니 수긍이 갔다.

부인의 간절한 기도

입원했을 때, 5년만 더 살게 해달라고 기도했는데. 놀랍게도 병원에서조차 가망이 없다던 그가 완쾌되었다.

더 놀라운 것은 정확히 5년 후인 1993년 거짓말같이 세상을 떠났다.
"5년이 아니라 10년만 더 살게 해달라고 빌어야 하는데!"

장례식장에서

영혼을 울리는 소리꾼 장사익은 귀천을 불러, 조문객들로부터 앵콜을 3번이나 받았다, 마지막에는 망부가를 불렀다.

수줍은 충청도 사투리로,
"아무리 세상이 힘들어도 정이 오고 가야 살맛나는 거예유."

최백호는 시인에 어울리는 노래라면서 '낭만에 대하여'를 처연하게 불렀다.

벗들에게 얻은 1000원으로 막걸리를 마시는 것이 유일한 낙이었는데, 의정부 수락산 자락을 오가던 천상병을, 이제는 의정부시립묘지에 가서나 만날 수 있다.

중앙청의 운명

일본이 항복을 했지만 조선총독 집무실(중앙청)은 경복궁을 깔고 앉아 비킬 기색이 보이지 않았다.

현철아!

일본놈들 버르장머리를 고쳐놓아야겠다. 당장 중앙청을 허물어버려라!

조선총독부 건물을 해체한다는 정보가 본국에 전해지자.

일본 고미술 협회 등 관련업체들은 무슨 대가를 치르더라도 보존해야 한다고 물밑에서 분주하게 움직였다.

일본 건축학회에서는 설계나 시공이 타의 추종을 불허하는 가장 우수한 건축물이라며 동조를 했다.

일본에서는 건축에 목재를 사용하는데, 콘크리트를 양생해서 지은 최초 건물이 중앙청이라는 것이다. 그것은 일본의 자존심이기도 했다.

중앙청이 일본에 있다면 당연히 일본 국보 1호 감이다.

한국에서는 지워버리고 싶은 치욕의 애물단지
일본에서는 역사성과 자긍심이 있는 보물

헐어버리는 것보다 바꿔버리는 것이 어떨까?

조선총독부 건물과 우리 문화재를 교환한다면, 세계 최대의 빅딜이 될 것이다.

중앙청 자체가 세계에서 가장 큰 골동품이다.

조선에서 강탈한 문화재는 일본의 박물관, 국가문물보관소, 대학 등에 산재해 있는데. 지금까지 알려진 것의 10배가 넘는다고 한다.

일본 유수 골동품 컬렉션 그룹, 소장품 전시장으로 사용하면 어떨까?

일본에는 자금력이 풍부한 아카다 컬렉션 등 이름 있는 골동품 수집상들이 즐비하다.

이런 제안은 미스비시, 미쓰이, 이또 주 등 종합상사들 눈에 번쩍 뜨일 것이다.

중앙청의 가치

중앙청을 새로 짓는다면 만만치 않은 공사비가 들어갈 것이다.

역사적 의미가 지대해서 가치를 매기는 것이 무의미하다.

중앙청 건물은 덕수궁 석조전처럼 화강암으로 지은 것이 아니다. 벽체는

콘크리트여서, 사각 불럭으로 나누어 유압잭으로 올리면 된다.

그리고 일본으로 옮겨 조립하면 감쪽같이 될 것이다.

실세 한일의원연맹 회장 김윤환 의원에게, 중앙청과 우리 문화재의 교환을 제의했다.

김윤환 의원과 인맥이 닿는 인사를 찾아보았다. 그래서 정부 고위 인사를 소개받았다.

중앙청 설계도 등 자료와 나의 의견이 담긴 계획서도 전달했다.

그래서 김 의원은 일본 정계 인사들을 만나 이 문제를 논의했는데, 대부분 찬성해서 실무진 구성에 합의를 했다고 한다.

중앙청의 운명은 거기까지였다. 김윤환 의원의 비보가 날아든 것이다.

갑작스러운 죽음으로 내 꿈도 같이 사라졌다.

그일 이후로 나는 고인의 호인 빈배 허주(虛舟)를 사용하고 있다. 최근에 영국 신사로 바꿨다.

경상도 할매들 수다

"어이! 예수가 죽었데!"

"와 죽었다 카드노?"

"못에 찔려 죽었다, 안카나."

"아이구! 머리 풀어 헤치고 다닐 때부터 알아봤다."

왠 할매가

"예수가 누꼬?"

"몰라! 우리 며늘아가 '아부지, 아부지' 캐쌌는 거 보이,
사돈어른 인갑지 뭐!"

"그래 문상은 갔드나?"

"아니! 안갔다."

"왜 안갔노?"

"갈라 캤더니"

"사흘 만에 살아났다 카드라!"

김수환 추기경

추기경은 가난한 집안에서 태어난 것은 사실이지만 개천에서 용이 난 것은 아니다.

할아버지는 1868년 무진박해(戊辰迫害) 때 순교한 김보현이다, 그는 뼈대 있는 집안의 후손이었다.

추기경은 옹기장사를 하던 아버지의 뒤를 이어 아호를 '옹기'라고 했다.

어머니는 여덟 명 아이들을 키우며, 순교자의 후예답게 아들 둘을 천주교회 성직자로 만드셨다.

초등학교에 다닐 때 아버지가 돌아가셨다. 그래서 식구들을 먹여 살려야할 책임을, 어머니 혼자서 걸머져야만 했다.

서울에서 동성상업학교에 다닐 때였다. 일왕 생일을 축하하는 글을 쓰라는 학교의 지시가 있었다.

추기경이 "나는 황국 신민이 아니다." 하며 거부를 하자 학교에서 난리가 났다.

교장의 설득에도 끝까지 버텼다. 당시 교장은 이승만 시절 국무총리 장면 박사다.

일본 동경의 상지(上智)대학에 다닐 때, 학병으로 징집될 것이 뻔해서, 아예 일본 육군 간부후보생으로 지원했다.

또한 일본인에 대해서 불온한 발언을 했다는 불경선인(不敬鮮人)으로 찍혀, 군에서 강제 전역을 당했다.

해방을 맞아 귀국해서 성신대학(현 가톨릭대학)을 졸업하고, 1951년 대구 계산 성당에서 서품을 받아, 성직자의 삶을 시작했다.

학창시절 부산 범일동에 있는 형 김동환 신부가 시무하는 성당에 들른 적이 있었다.

그 성당 유치원에 근무하던 전형적인 조선 미인인 젊은 여성으로부터 뜻밖에 청혼을 받았다

궁금한 신도들이 그 뒤의 이야기를 물었으나 미소만 지었다. 그리고 소문만 난무할 뿐 알려진바 없다.

가톨릭대학이 주최한 '열린음악회'에서 사회자가 노래를 한 곡 부탁했다.

그러자 곧바로 '등대지기'를 불렀다.

청중들이 앵콜을 하자, 뜬금없이 김수희의 '애모'를 불렀다. 성직자가 부르기에는 좀 거시기한 노래다.

사랑 때문에 침묵해야 할 나는 당신의 여자!

그리고 추억이 있는 한 당신은 나의 남자여!

"당신은 나의 남자"를 "당신은 나의 친구"라고 고쳐 불러. 추기경다운 재치를 보였다.

노점상

추기경의 인생덕목(德目)에 '노점상'이란 항목이 있다.

남루한 노인이 운영하는 작고 초라한 가게를 찾아가라! 물건을 살 때는 고마운 마음으로 돈을 내밀고

값은 깎지 마라! 그냥 주면 게으름을 키우지만 부르는 대로 주면 희망을 선물한 것이다.

물건부터 덥석 집지 말고, 시장 안을 둘러본 다음에 결정하라. 한 번 산 물건은 헌 것이 되니 물릴 수 없다.

짐이 무거워 불편하다면 욕심이 과한 것이다. 준비가 부족한 사람은 어려운 세월을 보낸다.

추기경은 명동성당 앞 노점상에서 묵주를 사셨다.

군사독재를 반대하는 학생들이 명동성당에서 농성을 하자 경찰은 검거하겠다고 통보했다.

그는 단호한 어조로, "추기경인 나를 먼저 끌고 가라! 그 다음에 신부 수녀, 그런 뒤에야 학생들을 끌어갈 수 있을 것이야!."

죽음 앞에서도 의 연한 추기경

추기경은 오랜 투병생활을 했지만. 고통스런 기색은 보이지 않았다. 오히려 웃으시며 육체의 아픔을 이겨내셨다.

눈은 맑고 총명했다.

2009년 2월 어느 추운 날 하늘나라로 조용히 떠나셨다.

나는 바보인가 봅니다.

사랑이 가슴에서 머리로 내려오는데 70년이 걸렸습니다.

하늘을 우러러 부끄러운 점이 많습니다.

하늘의 태양이나 별도 보지 못하고 고개를 숙이고 다닙니다.

서로 사랑하세요. 감사합니다.

추기경 김수환

마로니에 공원에서

1판 1쇄 발행 2021년 11월 12일

지은이 영국 신사

편집 유별리

펴낸곳 하움출판사
펴낸이 문현광

주소 전라북도 군산시 수송로 315 하움출판사
이메일 haum1000@naver.com **홈페이지** haum.kr

ISBN 979-11-6440-868-9

하움은 좋은 지식, 다양한 정보,
재미있는 즐거움을 여러분에게 드리겠습니다.